文庫書下ろし／長編時代小説

意趣

惣目付臨検仕《つかまつ》る(六)

上田秀人

光 文 社

この作品は光文社文庫のために書下ろされました。

目次

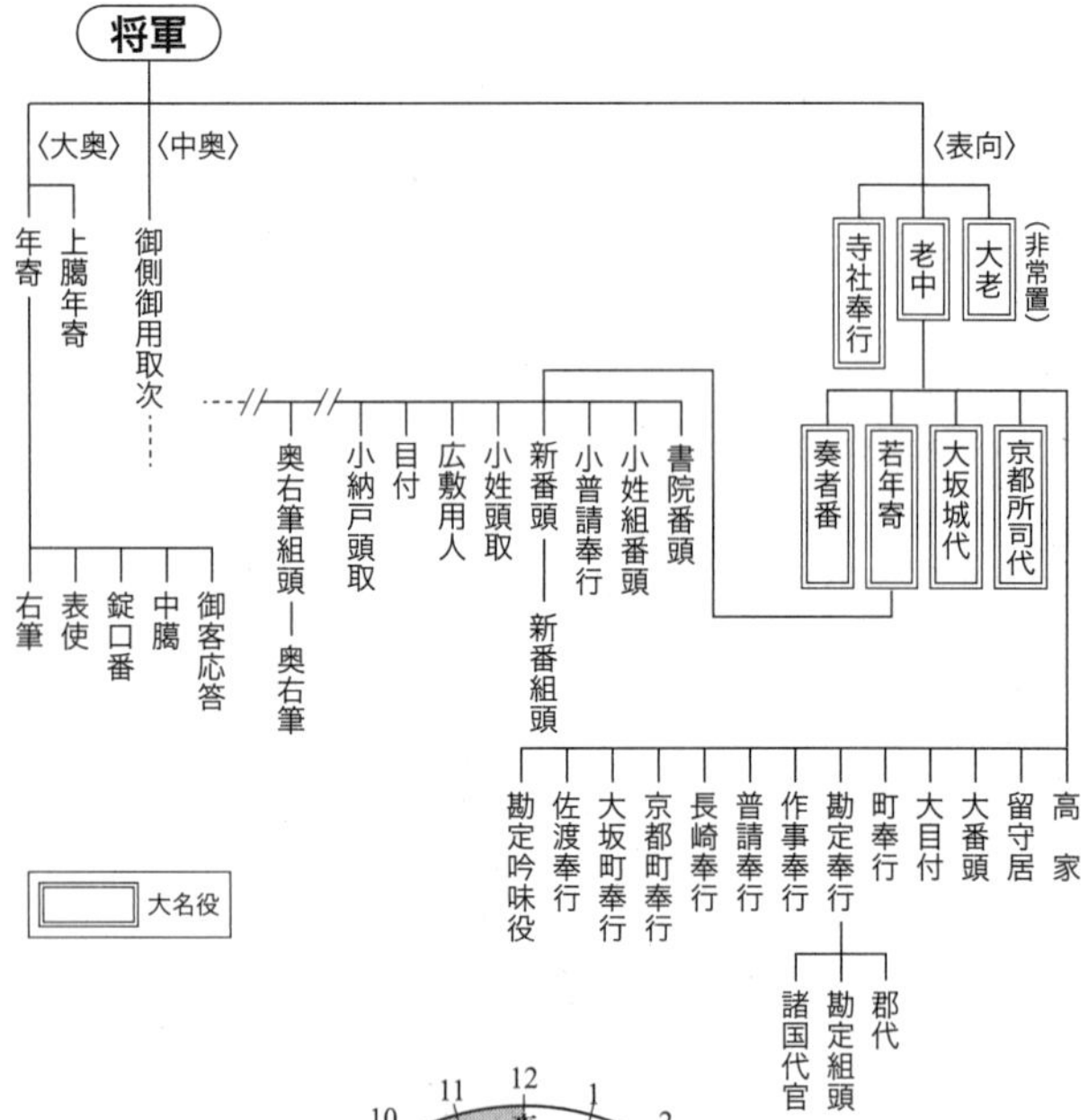

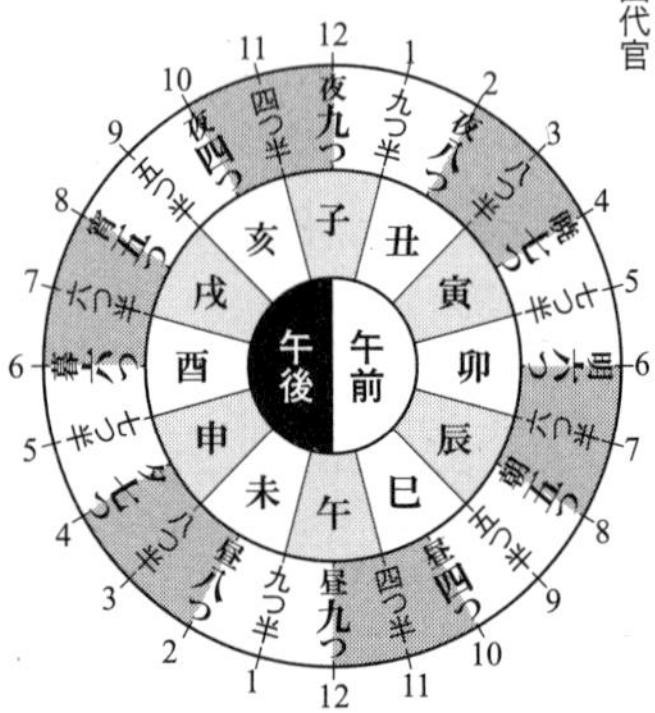

江戸の時刻（外の数字は現在の時刻）

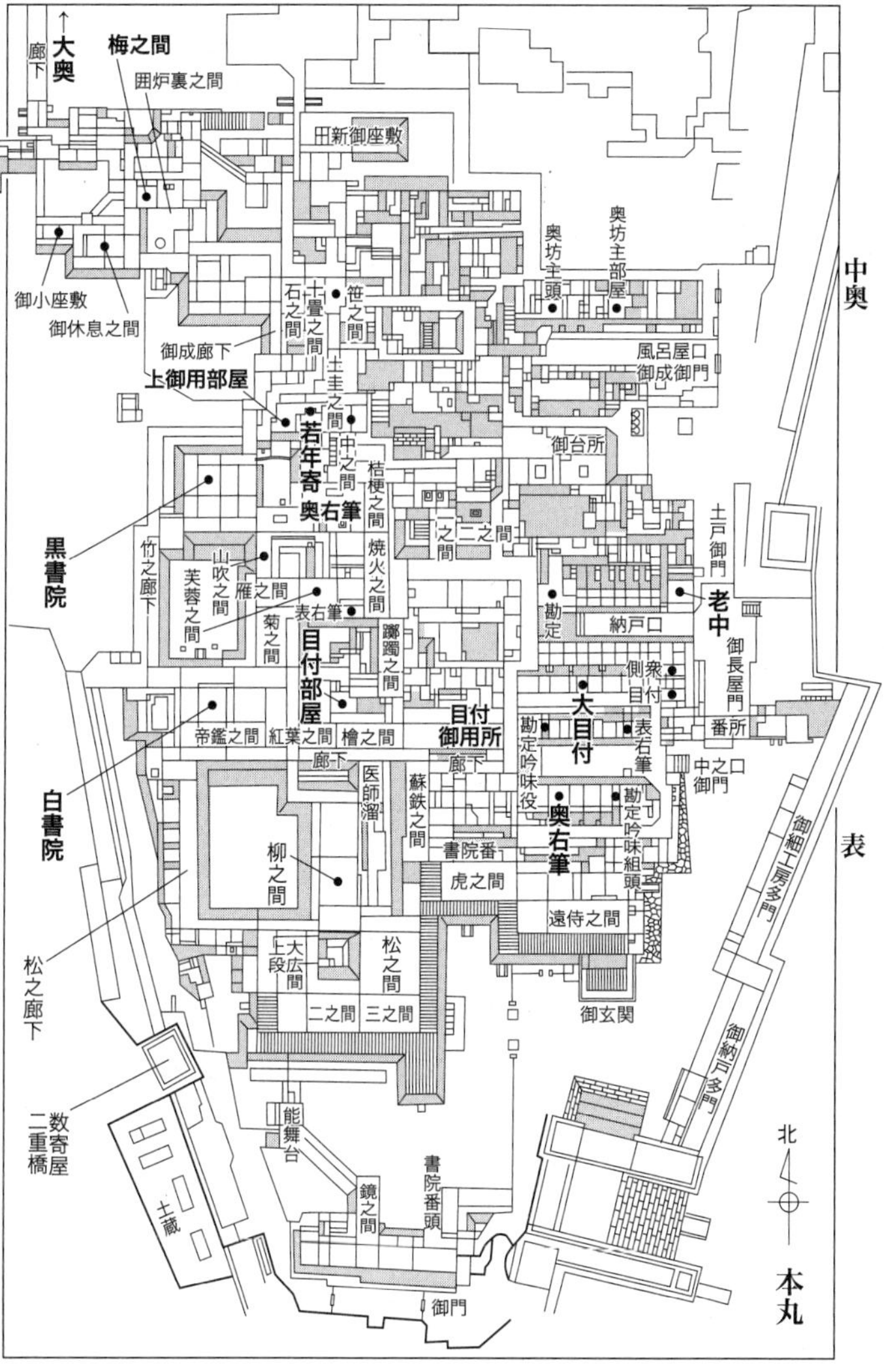
大奥
廊下
梅之間
囲炉裏之間
新御座敷
御小座敷
御休息之間
御成廊下
上御用部屋
石之間
十畳之間
笹之間
土圭之間
中之間
若年寄
奥右筆
桔梗之間
奥坊主頭
奥坊主部屋
中奥
風呂屋口
御成御門
御台所
二之間
一之間
黒書院
竹之廊下
山吹之間
芙蓉之間
雁之間
焼火之間
表右筆
菊之間
目付部屋
躑躅之間
勘定
納戸口
土戸御門
老中
御長屋門
側衆
目付
大目付
表右筆
番所
帝鑑之間
紅葉之間
檜之間
目付御用所
廊下
廊下
医師溜
蘇鉄之間
勘定吟味役
奥右筆
勘定吟味組頭
中之口御門
表
御細工房多門
白書院
柳之間
書院番
虎之間
遠侍之間
松之廊下
大広間
上段
松之間
二之間
三之間
御玄関
御納戸多門
数寄屋二重橋
土蔵
能舞台
鏡之間
書院番頭
御門
北
本丸

尾張徳川家
上屋敷
市谷
早稲田村
江戸川
音羽
護国寺
至板橋宿
江戸川橋
大塚
巣鴨
赤城明神
御納戸町
石切橋
神楽坂
若宮八幡宮
切支丹坂
御薬園
日光御成街道
中山道
小日向馬場
牛込
御留守居町
牛込御門
番町
傳通院
小石川
田安御門
白山
神明宮
駒込
清水御門
小石川御門
水戸徳川家
上屋敷
入江無手斎道場
春日町
水道橋
水城聡四郎の屋敷
千駄木
神田川
御弓町
竹町
本郷
加賀前田家
上屋敷
道灌山
(柳沢家中屋敷)
下谷茅町
霊雲寺
根津権現
池之端
七軒町
日暮里
神田明神
不忍池
鍛冶町
湯島天神
昌平橋
忍ヶ岡
筋違御門
昌平坂
明神下
池之端仲町
弁天
仁王門前町
根岸
谷中
寛永寺
東叡山
内神田
和泉橋
外神田
下谷広小路
佐久間河岸
神田佐久間町
下谷金杉町
通油町
豊島町
新シ橋
御徒町
下谷山崎町
通塩町
向柳原
三味線堀
広徳寺
柳原土手
左衛門河岸
下谷竜泉寺町
汐見橋
同朋町
横山町
広小路
両国
幡随院
元鳥越町
猿屋町
甚内橋
浅草橋
茅町
薬研堀
米沢町
両国橋
阿部川町
新吉原
柳橋
御蔵前
片町代地
新堀川
日本堤
大川
水戸家石揚場
二ツ目之橋
回向院
御米蔵
旅籠町
東本願寺
小塚原
御蔵前
御蔵前通り
浅草寺
日光道中
首尾の松
浅草広小路
奥山
浅草
御竹蔵
御厩河岸之渡し
駒形町
雷門
浅草観音
山谷町
新鳥越橋
二ツ目之橋
山谷堀
揚場
駒形堂
浅草
花川戸町
緑町
竹町之渡し
吾妻橋
今戸橋
今戸町
白鬚之渡し
本所
南割下水
源森橋
竪川
源森川
小梅村
三囲稲荷
向島墨堤
長命寺
木母寺
三ツ目之橋
北割下水
寺島村
北辻橋
大横川
法恩寺橋
業平橋
新辻橋
亀戸村
小梅村
四ツ目之橋
押上村
天神橋
十間川
柳島村
亀戸天神

卍 天現寺
紀伊徳川家屋敷
元赤坂町
竹腰山城守屋敷
伝馬町
平河町
井伊掃部頭
中屋敷
紀伊徳川家
上屋敷
四谷御門
渋谷川
麻布新町
善福寺
四ノ橋
古川町
仙台坂
新網町
飯倉片町
六本木
氷川明神
赤坂
赤坂御門
市谷御門
市兵衛町
麹町
三ノ橋
二ノ橋
一ノ橋
溜池
中之橋
千鳥ヶ淵
芝車町
赤羽橋
葵坂
半蔵御門
三田町
虎之御門
西之御丸
至品川宿
増上寺
新シ橋
外桜田御門
雉子橋御門
和田倉御門
一橋御門
南町奉行所
江戸城
幸橋
北町奉行所
土橋
金杉橋
宇田川町
芝
浜松町
数寄屋橋
御門
汐留橋
呉服橋御門
神田橋御門
常盤橋御門
三十間堀
銀座町
金杉川
竜閑橋
濱御殿
木挽町
数寄屋町
石橋
本町
京橋
本両替町
今川橋
西本願寺
本材木町
白魚橋
日本橋
魚河岸
大伝馬町
小伝馬町
楓川
八丁堀
弾正橋
組屋敷
八丁堀
海賊橋
江戸橋
荒布橋
南茅場町
日本橋川
小網町
銀座
元大坂町
諸国人入れ相模屋
中之橋
稲荷橋
亀島川
霊岸橋
一ノ橋
新川
箱崎橋
松島町
久松町
鉄炮洲
高橋
行徳河岸
高砂橋
二ノ橋
浜町
浜町堀
佃島
霊岸島
豊海橋
箱崎町
箱崎川
石川島
永久橋
永代橋
万年橋
新大橋
御船蔵
佐賀町
今川町
上之橋
緑橋
万年町
海辺大工町
西光寺
大島町
黒江町
油堀
材木町
六間堀
弥勒寺橋
山城橋
江戸湊
永代寺
富岡橋
高橋
深川元町
弥勒寺
仙台堀
海辺橋
越中島
蓬萊橋
富岡八幡宮
霊巌寺
亀久橋
汐見橋
小名木川
深川
洲崎
入船町
新高橋
扇橋
猿江橋
南辻橋
0
1km
猿江町
御材木蔵
大島橋
清水橋
金座

主な登場人物

水城《みずき》聡四郎《そうしろう》……惣目付。勘定方を務めてきた水城家の四男だったが、父親の隠居と長男の急逝で家督を継ぐ。新井白石の引きで勘定吟味役に抜擢され、その後、紀州徳川家藩主だった吉宗が八代将軍となると御広敷用人に登用された。道中奉行副役を経て惣目付に。

水城　紅《あかね》……水城聡四郎の妻。元は口入れ屋相模屋の娘。聡四郎に嫁ぐにあたり、吉宗の養女となる。聡四郎との間に娘・紬《つむぎ》をもうける。

大宮玄馬《おおみやげんば》……水城家の筆頭家士。元は、一放流の入江道場で聡四郎の弟弟子。

入江無手斎《いりえむてさい》……一放流の達人で、聡四郎と玄馬の剣術の師匠。聡四郎の娘を襲った藤川義右衛門を追い、西へ。

山路《やまじ》兵弥《ひょうや》……元は伊賀の郷忍。すでに現役を退いて隠居。播磨麻兵衛とともに、聡四郎と旅先で出会い、助をすることになる。

播磨麻兵衛《はりまおへえ》……元は伊賀の郷忍。すでに現役を退いて隠居。山路兵弥とともに、聡四郎の助をすることに。

加納《かのう》遠江守《とおとうみのかみ》久通《ひさみち》……御側御用取次。

有馬《ありま》兵庫頭《ひょうごのかみ》氏倫《うじのり》……御側御用取次。

徳川《とくがわ》吉宗《よしむね》…………徳川幕府第八代将軍。紅を養女にしたことから聡四郎にとって義理の父にあたる。聡四郎に諸国を回らせ、世の中を学ばせる。

阪崎《さかざき》左兵衛尉《さひょうえのじょう》……元目付。

藤川《ふじかわ》義右衛門《ぎえもん》……もと御広敷伊賀者組頭。聡四郎との確執から敵に回り、江戸の闇を次々に手に入れていた。聡四郎の愛娘を拐かしたことで、聡四郎たちや吉宗を激怒させ、結果、江戸を離れる。

鞘蔵《さやぞう》…………藤川義右衛門の配下。藤川義右衛門の誘いに乗って、御広敷伊賀者を抜けた。

惣目付臨検仕《つかまつ》る

意趣

第一章　馬鹿と権

一

相模《さがみ》屋の職人頭《がしら》である袖吉《そできち》は、もともと鳶《とび》職であった。そこからさらに技術を学んで、左官、大工など一通りをこなすようになり、

「袖吉さんをお願いしたい」

「今度もお願いできるかな」

相模屋のお得意先からのご指名も多い。

「よろこんで」

基本、仕事の依頼は断ることのない袖吉が、最近悩んでいた。

「このままじゃいけねえ」

袖吉の悩みは後継者がいないことであった。

口入《くちい》れ屋《や》として江戸城出入りも許されている相模屋だが、店を継ぐ者がいない状況になっていた。

「なあに、儂《わし》一代で築いたものだ。一代で終わってもいいだろう」

主《あるじ》の相模屋伝兵衛《でんひょうえ》はあっさりとしていたが、袖吉は受け入れられなかった。

「おいらたちの居場所がなくなっちまう」

袖吉は怖れた。

国元にいられなくなって江戸まで逃げてきた袖吉だったが、知る辺《べ》寄る辺もなく途方に暮れていた。

「口入れ屋に属すれば、身元引受人になってくれるぜ」

日雇い仕事で一緒になった者から教えてもらった袖吉は、すぐに目に付いた口入れ屋へ飛びこんだが、

「人を見るまではちょっと」

身元引受人になるには、あるていどつきあってからでないととと引き延ばされ、数カ月割の合わない仕事を押しつけられた。

「もうそろそろ……」

「まだいけないねえ」

袖吉が身元引受人の話を持ち出すと、いつもはぐらかされる。

身元引受人がいないと長屋さえ借りられない。袖吉はやむなく寺社の軒下を借りて寝泊まりをしていたが、冬が近づいてきた。

もともと海が近く冬でも温暖な国の生まれである袖吉にとって、赤城《あかぎ》おろしが吹き荒れる江戸の冬は厳しい。

「…………」

繰り返される口入れ屋との無駄な遣《や》り取りで、袖吉は完全に人を信じられなくなってしまった。

「よくない面相をしているね」

そんなとき、袖吉に声をかけてくれたのが相模屋伝兵衛であった。

大名屋敷の普請《ふしん》で、一つの口入れ屋だけでは人足や職人をまかないきれなかったため、いくつかの口入れ屋が出入りしており、そのなかに相模屋伝兵衛もいた。

「なんでもねえ」

すねていた袖吉はそっぽを向いた。

「そうかい」

その場はあっさりと引いた相模屋伝兵衛だったが、それから毎日袖吉のところへ来ては、

「どうだい」

と声をかけるようになった。

「いい加減しつこい」

十日も続いたころ、ついに袖吉が切れた。

「てめえにゃ、関係ねえ」

「それを決めるのは、わたしだよ」

睨《にら》みつける袖吉を相模屋伝兵衛は平然と受け止めた。

「使い捨てるだけのものに気を遣うようなまねをするんじゃねえ」

悪いのは相模屋伝兵衛ではないとわかっていても袖吉は我慢できずに、罵倒《ばとう》した。

「話だけでも聞かせておくれな」

そんな袖吉を宥《なだ》めて、相模屋伝兵衛は不満を語れと促した。

「てめえも同じ穴の狢《むじな》だろうが……」

罵《のの》りながら、袖吉は語った。

「周防《すおう》屋さんだね」

聞き終わった相模屋伝兵衛が、袖吉の属する口入れ屋を確認した。

「ああ」

「ついておいで」

ふてくされている袖吉を相模屋伝兵衛が促した。

「どこへ」

「周防屋まで行くよ」

そう言って相模屋伝兵衛は歩き出し、なんとはなしに興味を持った袖吉が従った。

「ずいぶん阿漕《あこぎ》なまねをするじゃありませんか」

周防屋に乗りこんだ相模屋伝兵衛が糾弾《きゅうだん》した。

「……阿漕とまでは」

「ほう、なら阿漕であるかどうか、御普請奉行さまに訊《き》いてみましょう」

「そ、それは……」

普請奉行に睨まれれば、幕府がおこなうすべての普請から外される。もちろん、町家《まちや》の普請も多いので、そちらだけでやっていけないわけではないが、幕府から出入り禁止を命じられた口入れ屋に人手を頼む者はまずいない。

「ご勘弁を」

周防屋が肩を落とした。

「御上《おかみ》お出入りの相模屋さんには勝てません」

幕府出入りを許されている相模屋伝兵衛は、老中《ろうじゅう》や町奉行と直接話ができた。さらに幕府から旗本《はたもと》格を与えられてもいる。敵に回しても勝てるはずはなかった。

「なら、この袖吉はもらっていくよ」

「どうぞ」

「あと、かなり日当を減らしていたようだけど、それも」

「支払います」

相模屋伝兵衛に睨みつけられた周防屋が、大慌《あわ》てで首を縦に振った。

「さて、行こうか」

「どこへ」

「わたしの店だよ」

呆然《ぼうぜん》と遣り取りを見ていた袖吉を、相模屋伝兵衛が連れ帰った。

「ここの長屋でいいかい」

その日のうちに袖吉の住むところを手配し、

「二、三日、身体を休めたら、店においで。仕事を用意しておくから」

そう言って相模屋伝兵衛は袖吉を保護した。

「…………」

他人を信じられなくなっていた袖吉は、ぎりぎりのところで救われた。

「旦那、なんぞ仕事は」

以降袖吉は、相模屋伝兵衛への恩返しも含め、まじめに仕事をした。

「頼むよ。皆をまとめてくれるように」

数年経《た》たずして、袖吉は相模屋伝兵衛の信頼を得、現場を任されるようになり、十年ほどで職人頭と言われるまでになった。

「相模屋がなければ、今ごろはどこかで野垂《のた》れ死んでいたか、それとも悪党になって世間さまに迷惑をかけていたかもしれねえ」

袖吉にとって相模屋伝兵衛は恩人であり、相模屋は居場所であった。

その相模屋が店仕舞《じま》いをする。

今すぐではないが、一人娘を旗本水城聡四郎《みずきそうしろう》に嫁がせた相模屋伝兵衛は、店を閉じることを考えている。

「旦那が隠居なさりたいのはわかる」

相模屋伝兵衛の娘紅《あかね》は、なんの因果か当時御三家紀州《きしゅう》藩主だった徳川吉宗《とくがわよしむね》の養女となって、聡四郎のもとへ嫁いだ。その吉宗は今や天下の八代将軍である。そう、相模屋伝兵衛の娘紅は、将軍の養女になってしまった。

「躬《み》が孫である」

さらに紅と聡四郎の間に生まれた娘紬《つむぎ》を吉宗は孫だと公言した。子供はいても御台所《みだいどころ》のいない吉宗にとって、紬は初孫となった。

「当家と婚姻の約を」

「吾《わ》が家の嫡男《ちゃくなん》の室《しつ》に」

将軍との縁を結びたい大名、旗本にとって、紬はまさに獲物であった。吉宗の孫といったところで、親の聡四郎は出世してやっと一千五百石《ごく》の旗本でしかない。将軍の血筋を迎えるには格が足らない数万石の大名や、数千石の旗本にしてみれば、手が届く相手であり、すでに何件も申し出があった。なかには縁故や権力を使って無理を通そうとする者もあり、紬の安全が脅かされかねない。

そんななか、紬の祖父でもあり、紅の父親が一人で市中に暮らしているというのは、敵を呼んでいるようなものである。

「御上出入りの看板を取りあげるぞ。そうされたくなくば、孫娘を当家の嫁に差し出せ」

普請奉行や勘定奉行にはその力がある。

権力での脅しならば、まだましであった。

「相模屋の身柄は預かった。命惜しくば……」

直接暴力に訴えてくる者も出てきかねない。

もちろん、このようなおこないは薄氷《はくひょう》を踏んで対岸へ渡るようなものだ。

「このようなことがございました」

紅は大奥《おおおく》出入り自在を許されている。そこで紅と姉妹の契りを交わしていて、一夜限りの逢瀬《おうせ》とはいえ吉宗の寵愛《ちょうあい》を受けた竹姫《たけひめ》に言えば、

「職を取りあげ、閉門《へいもん》を申しつける。追って沙汰《さた》あるまで謹《つつし》め」

たちまち吉宗の知るところとなり、厳罰を喰らう。

「なんとしても捕らえよ」

暴力に訴えた場合は、町奉行所だけでなく火付盗賊改方《ひつけとうぞくあらためかた》まで動員される。

「抜かるな」

紬を、もと御広敷伊賀者組頭《おひろしきいがものくみがしら》の藤川義右衛門《ふじかわぎえもん》に掠《さら》われたとき、まったく役に立たなかった町奉行たちは今度は必死になって相模屋伝兵衛の行方を捜す。

「役立たずが」

もし相模屋伝兵衛の身になにかあれば、南北両町奉行は免職され、吉宗の直系が将軍であり続ける限り、浮かびあがることはなくなる。

しくじれば破滅が待っている。

それをわかっていながら、己だけは失敗しないと思いこんで暴挙に出る者は必ずいた。

「隠居しようと思う」

それを懸念《けねん》して相模屋伝兵衛は、店を閉じることに決めた。

「そいつはしかたございやせんね」

事情は袖吉もわかっている。なにせ聡四郎と紅が、まだおままごとのような恋をしているときから、陰に日向《ひなた》に応援してきたのだ。

「そうなると職人たちはどうなるんで」

袖吉には職人頭という責任がある。相模屋伝兵衛に袖吉が尋ねたのは当然であった。

「しっかりとした同業に預けるつもりだ」

相模屋伝兵衛が信用している口入れ屋に移籍させると言った。

「そいつはいただけやせんぜ、旦那」

初めて袖吉が相模屋伝兵衛に反対した。

「相模屋があるからこそ皆、安心して働いていやす。それがなくなってしまっちゃあ、どうしたらいいかわからねえ野郎が出やす」

袖吉が相模屋の継続を願った。

最初は一人娘の紅にいい婿を取って、店を譲ろうと考えていた相模屋伝兵衛だったが、その芽はなくなってしまった。

「己一代なら、男一人食えればいい」

「皆、私の息子、娘」

相模屋伝兵衛は職人や女中などから得ていた斡旋《あっせん》手数料を、大幅に引き下げた。

職人や女中を大事にし、奉公先でもめ事があればしっかりと仲裁に入った。

「引きあげさせていただきましょう。あと、今後はお出入りを遠慮させていただきます」

無茶を押しつけるような奉公先のときは、奉公人を守る。

「助かりました。毎晩、あの番頭に夜這《よば》いをかけられて」

「店の品物がなくなったと、疑われて」

辛い立場にあった者からすれば、相模屋伝兵衛は仏であった。

「相模屋さんが、紹介するなら」

「参じます」

仕事を求めに来る者も、斡旋先に文句は言わなくなる。

「相模屋さんの面目にかかわる」

奉公先で遣《つか》えないなどと言われては、紹介した相模屋伝兵衛の責任になってしまう。それだけはできないと、奉公人たちもまじめに働く。

「さすがは、相模屋さんだね」

大店《おおだな》の商店や名のある棟梁《とうりょう》たちも、なにかあれば相模屋伝兵衛を頼ってきた。

「わかっているだろう」

相模屋伝兵衛が袖吉に事情は理解しているはずだと確認した。

「存じてやすが、なんとかしてやらねえと」

袖吉は相模屋にすがっている者たちが多いこともわかっていた。

「おめえが継ぐかい」

「ご冗談でしょう。あっしはお嬢《じょう》に生涯付いていくと決めてやすから」

言われた袖吉が首を横に振った。

紬吉も相模屋伝兵衛と同じく、水城家に世話になるつもりでいた。というより、

「いつまでも馬鹿やってないで、落ち着きなさい」

紅から一人の男として、腰を据《す》えろと叱咤《しった》されたからだ。

「わたしはもう紬さまの御側《おそば》にいる隠居になりたいんだが」

「あっしも紬さまのお相手をしたいんでやす」

二人は顔を見合わせた。

表沙汰にしていないとはいえ、紬吉が駆けずり回っているとなれば、その意味に気付く者も出てくる。

「相模屋さんの後は任していただきましょう」

「暖簾《のれん》を下げるのもなんでございましょう。相模屋の名乗りから全部お預かりいたしてもよろしいが」

出入り先と職人、女中を抱えこむつもりの者や、幕府出入りの看板ごと譲り受けようとする者が増えた。

「思案の最中でございまして」

「相模屋の暖簾は、一代でよろしいと考えております」

厚かましい願いを相模屋伝兵衛は何度も拒んでいた。

「どうしたものか」

相模屋伝兵衛も紬吉も対応を思いつけなかった。

二

名古屋《なごや》は御三家筆頭尾張《おわり》徳川家の城下町である。

「紀州の山猿ごときが」

倹約を天下に指示している八代将軍吉宗に、尾張六代藩主徳川権中納言《ごんちゆうなごん》継友《つぐとも》は反発し、城下町を一層繁華させようとしていた。

「前身はどうあれ、今は将軍家でございますぞ。あまり反発なさるのは、よろしくございませぬ」

尾張藩付《つ》け家老《がろう》の竹腰山城守《たけのこしやましろのかみ》正武《まさたけ》から諫言《かんげん》されても、

「余《よ》こそが七代将軍家継《いえつぐ》公の跡継ぎであったのだ。それを紀州の山猿が横から掠《さら》っていったのだ。なにより御三家は尾張が筆頭、紀州は次席でしかない。たとえ将軍への推戴《すいたい》を受けたにしても、尾張さまこそふさわしいと辞退するのが当然であろうが」

そう嘯《うそぶ》いて聞き入れはしない。

「殿が後継者であったのではございませぬ。亡くなられた吉通《よしみち》さまが六代将軍家宣《いえのぶ》さまのご遺言でそう指名されただけでござる」

おまえではないと竹腰山城守が否定した。

「その兄が死んだ後を受け継いだのが余だ。将軍継嗣《けいし》の座も同じであろう」

徳川継友が反発した。

「たとえそうだとしても、すでに将軍の座は……」

「うるさいわ。そなたの面《つら》など見たくもない。下がれ」

まだ宥《なだ》めようとする竹腰山城守を継友が手を振って遠ざけた。

「やったぞ。五郎太《ごろうた》が死んだ。これで余が当主だ。皆、祝え」

尾張藩主四代吉通の後を継いだ五代藩主五郎太が、襲封《しゅうほう》わずか二カ月、三歳という若さで死去。それを知った継友は藩主の座が回ってきたことに歓喜し、側近たちを集めて宴席を開いた。

「藩主公が亡くなられた当日に、宴《うたげ》とはなにを考えておられるのか。あまりに不《ふ》謹慎《きんしん》でございましょう」

これを知った竹腰山城守が、宴席の場に乗りこんで継友を叱りつけた。

「…………」

さすがに言いわけもできず、継友は盃《さかずき》を置いたのだが、不満は残った。

なにせ継友は、三代藩主尾張徳川綱誠《つななり》の十一男で、世継ぎはもちろん、支藩を作ってもらえる立場でさえなく、城中の一隅に捨て扶持《ぶち》をもらってわずかなお付きとともに朽《く》ちていくだけの未来《さき》のない日々を無為《むい》に送っていたのだ。

そこへ兄と甥《おい》が相次いで亡くなったおかげで、養子にも行けずくすぶっていた継友に尾張藩主という立場が落ちてきた。

浮かれてもしかたのないことではあったが、日陰に居続けたことでひがみの強い性格になってしまった継友である、竹腰山城守の諫《いさ》めに反省をすることなく、逆に嫌悪するようになっていた。

「うるさい爺《じじい》だ」

七歳しか違わない竹腰山城守のことを爺呼ばわりして、継友は忌避《きひ》していた。

「付け家老でなければ、放逐《ほうちく》してくれるものを」

竹腰山城守を追い払った継友が悔しそうな顔をした。

付け家老というのは、徳川家康《いえやす》が息子たちに封地《ほうち》を与えて分家させたときに、譜代《ふだい》の家臣のなかから選んで、その藩政の手助けをするようにと配した者のことを言う。

尾張徳川家には成瀬《なるせ》、竹腰、紀州家には水野《みずの》、安藤《あんどう》、水戸《みと》家には中山《なかやま》、越前《えちぜん》家には本多《ほんだ》が付けられている。他にもいたが、家康の息子が謀反《むほん》などで取り潰《つぶ》しになったときに巻き添えで改易《かいえき》になってしまった。

「十分に監視できなかった」

息子が謀反を起こす前に抑えつけられなかったことを咎《とが》めたのが、改易の理由である。

このことからわかるように、付け家老はその主家を見張る役目も負っていた。

もし、継友が竹腰山城守を尾張家の家臣として処断すれば、それは幕府に対する反駁《はんばく》と取られることになる。

「隠居せよ」

まちがいなく吉宗は、継友を許さない。

さすがに御三家の当主を切腹させることはできなかった。

三代将軍家光《いえみつ》が弟駿河大納言忠長《するがだいなごんただなが》を自裁《じさい》させた前例もあるゆえできないわけではないが、それこそ八代将軍継嗣のときの報復だと取られてしまう。これは吉宗の評判を下げ、倹約令の効率を著しく下げる。

だからといって、なにもなしですませることはなかった。

それくらいは継友もわかっている。手出しできないからこそ、竹腰山城守への憎しみは募っていく。

「紀州の山猿、爺、この二人がどうにかなれば、できれば……余が将軍になれる」

一度望外の地位を得た継友は舞いあがっていた。

なにせ、当主の座に就いた途端、家中全員が手のひらを返したのだ。

冷や飯食いだったときは、廊下ですれ違っても道を譲らず、目も合わさなかった藩士たちが、皆廊下に跪《ひざまず》いて継友に畏《おそ》れを見せる。

奥の女中たちもそうであった。近づくだけで逃げ出していたか、侮蔑《ぶべつ》の眼差しをくれていた女たちが、今では媚態《びたい》をもって迫ってくる。

下手に子供でも作られては困る部屋住みには、正室《せいしつ》はもちろん側室《そくしつ》も認められなかった。

かろうじて妾《めかけ》は暗黙の了解で許されているが、それでも子供ができれば水にされるのが慣例であった。

つまり、継友には二十二歳になるまで、女がいなかった。

それが今や、手出しし放題であった。

こういった抑圧《よくあつ》が一気に解放された場合、まれに己はなにをしてもかまわないと思いこむ場合がある。

「将軍……」

まさに継友がそうであった。

「なりたいか」

不意に声がした。

「誰じゃ」

竹腰山城守を下がらせて、一人きりになった継友は不審な声に警戒した。

「心配するな。殺す気ならば、とうにやっている」

声が継友を宥《なだ》めた。

「むっ」

継友が詰まった。

「家臣を呼びたいのなら呼べ。その代わり二度と来ぬ」

「ふうむ。余を害す気はなさそうだな」

淡々と決別を口にした声に、継友が納得した。

「思ったよりも肚《はら》が据《す》わっているな」

「命を狙われたことなら、何度かあるからの」

感心する声に継友が苦笑した。

「ほう」

「余りものの男子など、邪魔なだけだからな」

驚く声に継友が答えた。

「どうだ、将軍にしてやろうか」

「その前に姿を見せろ」

話を始めようとした声に、継友が要求した。

「見ないほうがいい。こっちはあくまでも闇だからな。闇を見通そうとする者は、かならず闇に呑みこまれることになる」

声が拒絶した。

「それとも将軍という光の当たる座をあきらめて、闇に与《くみ》するか」

小さく闇が笑った。

「ふん。ようやく闇から抜け出たのだ。もう一度引きこもる気はない」

継友が鼻を鳴らした。

「しかし、警固《けいご》の連中はなにをしている」

思い出したように継友が、怪訝《けげん》な顔をした。

「武士の守りなど、忍《しのび》から見ればないも同じ。しかも城中ともなると、なにも起こるはずはないと思いこんでいるしの」

声が笑いを含んだまま告げた。

「こちらの忍は」

「御土居下組《おどいしたぐみ》か。あれは忍ではない」

続けた継友の疑問を、声が否定した。

「伊賀者《いがもの》だろう」

「すべての伊賀者が忍とは限らない」

「どういう意味じゃ」

継友が戸惑った。

「伊賀者が忍だったのは、戦国の終わりまで。そこから二手に分かれた」

「二手……」

声の意見に継友が混乱した。

「一つはそのまま忍として働く。幕府御広敷《おひろしき》伊賀者などがそうだ。そしてもう一つが、与えられた任に邁進《まいしん》する者。御土居下組はこちらよ」

「与えられた任だと」

「おぬしにもあるだろう」

「余にも任があると申すか」

言われた継友が困惑の様子を見せた。

「やれ、御三家でさえ、これか」

声が嘆息《たんそく》した。

「なんのために御三家筆頭が尾張に置かれていると思う」

「それは尾張が物成《ものな》りのよい土地だからだろう」

継友が答えたように尾張は米の成りがよかった。まれに領内を流れる木曾《きそ》川、揖斐《いび》川、長良《ながら》川が水害を起こすが、そうでなければ表高《おもてだか》の六十二万石をはるかに超える収穫ができた。織田《おだ》家の本貫地《ほんがんち》であり、豊臣恩顧《とよとみおんこ》の外様《とざま》大名が支配していたこの地を家康が取りあげるのは当然であった。

「部屋住みには、なにも教えぬのだな、尾張は」

「なんだとっ」

長年の冷や飯食い生活を送ってきた継友に、部屋住みという言葉は禁句であった。

声に嘲弄《ちょうろう》された継友が怒りを浮かべた。

「代々の役目は、先代から次代へと受け継がれていくものだ。しかし、尾張はそれに失敗した。吉通が急変死、五郎太も引き継ぎを受けることも引き継ぐこともできずに夭折《ようせつ》。おぬしに藩主の座が回ってきた」

「途切れたというわけか」

継友が理解した。

「ああ」

声が同意した。

「そなたは知っているのか、尾張の意味を」

「領地を考えれば、すぐにわかるぞ。尾張は江戸へ向かう経路を扼《やく》しているだろう。東海道《とうかいどう》、中山道《なかせんどう》、そして伊勢《いせ》湾の海運」

「……たしかに」

継友が首肯《しゅこう》した。

「徳川幕府にとって、なにが懸念だ」

「西国《さいごく》大名どもの謀反《むほん》であろう。なるほどの」

声の話に継友が手を打った。

「そう、尾張は西国《さいごく》から攻め上ってくる軍勢を留《とど》めるためにある」

「紀州はなにをするのだ」

ふと継友が気にした。

「紀州は役立たずになった、いや、させられた」

「役立たずだと」

継友が驚いた。

「もともとを見ればいい。二代将軍秀忠《ひでただ》によって移されるまで、紀州徳川家は駿河にあった」

「であったな」

「わかっただろう。紀州家は本来尾張家が攻められたときの後詰《ごづ》めをするために駿河へ置かれていた。それを愚かにも秀忠が紀州へ移してしまった。結果、紀州家の軍勢は遊軍となった」

声が語った。

「大坂《おおさか》城の後詰めとして使えようが」

継友が口にした。

「大坂城と紀州の間に堺《さかい》湊《みなと》がある。ここへ上陸されてみろ、分断されるだけだぞ」

「それこそ大坂城の兵と紀州の軍勢で挟《はさ》み撃ちにすればいいではないか」

挟撃《きょうげき》は軍略の基本であると継友が述べた。

「大坂城にどれだけの兵がいると」

「あれだけの城だ。一万や二万は……」

「それだけの兵を常駐させるだけの金が、幕府にあるか。あるならば、吉宗が倹約令などを出すわけなかろう」

声が継友を甘いと嘲笑《ちょうしょう》した。

「近隣の大名から兵を出させれば……」

「西国大名が大坂へ押し寄せた段階で、周辺の譜代《ふだい》大名がどうなっているかなど言うまでもない」

「むうう」

継友がうなった。

「話がそれたがな、一つだけ付け加えておこうか。もし、紀州藩主となった頼宣《よりのぶ》が駿府《すんぷ》城主のままであったら、吉宗は将軍になっていない。尾張の後詰めだぞ。尾張に人がいないならばまだしも、おぬしも通春《みちはる》もいるのだ。老中たちも吉宗を担ぐことはなかっただろう」

「……………」

聞いた継友が黙った。

「さて、尾張の役割がわかったところで御土居下組のことに戻ろうか。もし、御土居下組が城の警固あるいは、藩主の守りを担当するならば、あのような不便な場所に組屋敷は置かぬ。なにより忍働きをするには、数が少なすぎる。規模が違うとはいえ、江戸には伊賀者が二百人からいるのに対し、御土居下組は九家。これで日常の用に間に合うわけなかろうが」

「では、あやつらはなんのために」

継友が問うた。

「西国大名に攻められ、城が保《も》たなくなったとき、藩主を連れて逃げるのが役目だ。だからこそ、木曾路に出やすい御土居下にある。江戸城でいえば、山里廓《やまざとくるわ》伊賀者と同じじよ。あやつらの役目も、いざというとき将軍を連れて甲府《こうふ》へ落ちることだ」

「連れて逃げる役目……か」

教えられた継友が繰り返した。

「大丈夫か。どうやって御土居下まで行くかを知っているか」

「知らぬ。なにも聞かされておらぬ」

継友が首を横に振った。

「付け家老はなにをしている。いや、わざとなのか」

「わざと……」

意味がわからないのか、継友が首をひねった。

「教えずともよいと考えているのだろう」

「馬鹿なことを。尾張の当主は余であるぞ。今後は吾《わ》が子らが跡目《あとめ》を継いでいくというに、余が知らずしてどうする」

「その保証はどこにある。吉通でさえ殺されたのだぞ」

声が厳しい語調になった。

尾張徳川家四代当主吉通は、その質英邁《えいまい》で藩中だけでなく、幕府からも期待されていた。とくに六代将軍家宣は、吉通のことを高く買い、幼い吾が子が成人するまで将軍の座を預けたいと晩年繰り返し言っていた。

「正統なる和子《わこ》さまがあられるのに、他家より養子を迎えるのは道理に合いませぬ」

「我らが和子さまをお支え申しまするゆえ」

間部越前守詮房《まなべえちぜんのかみあきふさ》、新井白石《あらいはくせき》ら側近の反対で、吉通の七代将軍就任は夢と消えたが、それでも、

「家継さまのご後見《こうけん》」

幼い将軍家を助ける役目を期待されていた。

その吉通が急死した。三代綱誠の死で髪を下ろしていた実母に招かれた食事の最中に吐血、屋敷へ運ばれたが医師さえ呼ばれることなく、悶死《もんし》した。

仏門に入りながら、男遊びの絶えなかった実母を諫めたことが原因だとか、八代将軍の座を狙っていた吉宗の手の者にやられたとか、いろいろと噂は飛び交ったが真相は明らかになっていない。

「……まさか、余も」

さっと継友の顔色が白くなった。

「公方《くぼう》に反抗する藩主なぞ、面倒以外のなにものでもないぞ」

声が冷徹に断じた。

三

目付《めつけ》阪崎左《さかざきさ》兵衛尉《ひょうえのじょう》を失職させた水城聡四郎右衛門大尉《うえもんだいじょう》吉前《よしさき》によって、目付部屋は蜂の巣を突《つつ》いたような騒ぎになった。

「目付が惣目付によって、解職されたなど」

「惣目付は大目付《おおめつけ》の代わりではなかったのか」

目付たちが苦情を口にした。

「公方さまに御直訴《じきそ》いたすべきである」

「そうじゃ。目付を監察できるのは目付だけである。そのことを今一度公方さまにおわかりいただこうではないか」

「一人、二人では埒《らち》があかぬ。どうであろう、一同揃《そろ》って目通りをいたそう」

「それがよい」

目付部屋が意見の一致を見た。

「では参ろうぞ」

当番目付の合図で、目付が部屋を出て御休息《ごきゅうそく》の間《ま》へと向かった。

「待て」

その目付たちを新番《しんばん》が止めた。

「何用であるか」

新番は、もと近習番《きんじゅうばん》と呼ばれていた。五代将軍綱吉《つなよし》のときに起きた大老堀田筑《たいろうほったちく》前守正俊《ぜんのかみまさとし》を若年寄稲葉石見守正休《わかどしよりいなばいわみのかみまさやす》が刺殺した刃傷《にんじょう》を受けて、新設された将軍御休息の間へいたる新番所詰めとなった。書院番《しょいんばん》、小姓番《こしょうばん》と同じような役目だが、もっとも新しいことから新番と名付けられた。

「目付である」

「見ればわかる。この奥には公方さまがおられる。用件のわからぬ者を通すわけにはいかぬ」

若年寄でさえ、城中で刃物を振るったのだ。目付がとち狂わないという保証などはどこにもなかった。

「目付には、公方さまに直接お目通りを願う権が与えられておる」

「それくらいは存じておる」

当番目付の言いぶんを新番が制した。

「どのような用件かを問うているのだ」

当たり前の話だが、新番も目付の監察を受ける。だが、門衛に近い役割の新番が、目付の権威に屈しては、将軍の守りにはならない。新番は、相手が老中でも場合によっては、通行を認めなかった。

「目付の役目は密《みつ》である」

当番目付が言わないと返した。

「お役目として通る」

「……やむを得ぬ」

監察の役目の邪魔は、御三家でもできなかった。

「ただし、徒党を組んでの通行は認めぬ」

新番が一人だけなら通行を認めると条件を付けた。

「我ら全員、お役目である」

当番目付が名分《めいぶん》をもう一度、表に出した。

「ならば、一人ずつ、通っていただこう。その御仁《ごじん》が戻って来られれば、次の方が行かれればよい」

「それでは意味がないのだ。全員揃《そろ》っての御用である」

当然の制約を口にした新番に当番目付が首を左右に振った。

「……どうした。騒がしいと公方さまが仰《おお》せであるぞ」

睨み合う目付と新番のところへ、側役《そばやく》の加納遠江守久通《かのうとおとうみのかみひさみち》が割りこんだ。

「遠江守さま」

新番が安堵《あんど》の顔を見せた。

「目付衆が、連れ立って御休息の間へ参ると申しまして……」

経緯《いきさつ》を新番が語った。

「さようか。ご苦労であった」

加納遠江守が、新番をねぎらった。

「そなたの名前を訊いておこう」

「新番三番組三田《みた》一朗太《いちろうた》でござる」

「公方さまのお耳に入れておく」

「畏れ入りまする」

吉宗に名前を伝えると言われた三田一朗太が、歓喜した。

「さて、そなたらは目付として公方さまにお目通りを願うのだな」

「いかにも」

打って変わって冷たい声になった加納遠江守が目付に問い、当番目付が首肯した。

「しばし待て。公方さまにお伺いいたして参る」

加納遠江守が吉宗に訊いてくると背中を向けた。

「遠江守。不要じゃ。目付はいつでも公方さまにお目通りをいただけると決まっておる」

当番目付が加納遠江守に制止をかけた。

目付は役儀《やくぎ》上、老中でも呼び捨てにできた。

「……さようか」

加納遠江守が、氷のような目で当番目付を見た。

「では、付いて参るがよい」

「うむ」

同道を許した加納遠江守に目付が鷹揚《おうよう》にうなずいた。

倹約令を主とした改革を推進している吉宗は忙しい。老中を始め、勘定奉行、遠《おん》国《ごく》奉行などから出された書付を精査し、的確な判断を下さなければならない。さらに新たな改革を命じなければならず、それこそ寸暇《すんか》もない有様《ありさま》である。

「見て参りましてございまする」

「遠江守か。どうであった」

「公方さま」

書付に目を落としたまま説明を求めた吉宗へ向かって、加納遠江守を押しのけるようにして目付たちが御休息の間下段の間に足を踏み入れた。

「……目付か。なんじゃ」

ちらと顔を上げた吉宗が、目付のお仕着せである黒裃《かみしも》を確認して、用件を促した。

「惣目付が目付阪崎左兵衛尉を咎めたとのことでございまするが、目付を監察できるのは我ら目付だけでございまする。惣目付にその権はございませぬ」

当番目付が一気に言った。

「それだけか」

「…………」

吉宗の反応に目付たちが戸惑った。

「そなた、字の読み書きはできるか」

「できまする」

侮《あなど》られた当番目付がむっとした顔をした。

「惣目付の惣という文字を書いてみよ。小姓ども、懐紙と筆を用意してやれ」

「書かずともわかっておりまする」

言われた当番目付が拒否した。

「躬は書けと命じた」

険しい目で吉宗が当番目付を睨んだ。

「……わかりましてございまする」

台命《たいめい》だとなれば、拒むことはできなかった。小姓から受け取った紙に当番目付が筆をあてた。

「これでよろしゅうございましょうや」

当番目付が紙を掲げて見せた。

「うむ。では、その意味を申せ」

「……………」

続けて問われた当番目付が黙った。

「なにをしておる。惣の意味を知らぬのならば、とても目付という役目には就けぬな。そなたの任を……」

「すべてという意味でございまする」

最後まで口にされては、もう覆《くつがえ》せない。

当番目付が、吉宗にかぶせるように答えた。

「ふん。遅いの」

吉宗が当番目付をさげすんだ目で見た。

「もうよいな。躬は忙しい」

相手をするのは終わりだと、吉宗が書付へと戻った。

「公方さま、一つお伺いいたしたきことがございまする」

当番目付ではない者が声をあげた。

「……くだらぬことであれば、その責を負わせるぞ」

書付から目を離した吉宗が、怒りを見せながら発言を許した。

「惣目付がすべてを監察する。ならば、我ら目付はなんのためにあるのでございましょう」

「そなたの名は」

発言した目付の名前を吉宗が問うた。

「目付田ノ元監物《たのもとけんもつ》でございまする」

訊かれた目付が名乗った。

「そうか。いちいち説明せねばならぬのか、そなたの疑問に」

吉宗が情けないとため息を吐《つ》いた。

「なにとぞ」

田ノ元監物が平伏《へいふく》して願った。

「躬がなんのために惣目付を創ったのか。それは従来の目付では力不足だと考えたからである」

「我らでは力不足……」

「そなたらは、なにをしてきた」

戸惑う田ノ元監物を吉宗が見つめた。

「お役目に邁進《まいしん》してまいりました」

田ノ元監物が胸を張った。

「ならば、なぜ幕府に金がない。なぜ、役立たずが大きな顔をしておる」

「それは……」

詰問《きつもん》された田ノ元監物が詰まった。

「目付は大目付の管轄《かんかつ》も手にした。要《い》るとなれば、老中でも弾劾《だんがい》できる。将軍に直接目通りして意見を言える。まさに幕府の監察よな」

「…………」

話す吉宗の意図がわからなければ、相槌《あいづち》も打てない。

田ノ元監物が黙って聞いた。

「それだけの力があるならば、できたはずだ。金の無駄遣いを精査し、愚かなまねをした者を監察することが」

「勘定は、勘定吟味役《かんじょうぎんみやく》の役目でございまする」

当番目付が反論した。

「勘定吟味役……嗤《わら》わせるな」

吉宗が怒気《どき》を露《あら》わにした。

「勘定吟味役はいつできた。五代将軍綱吉さまのときだ。それまではなかったのだぞ。目付はいつからある。幕府創設前の戦《いくさ》目付《めつけ》のころからだろうが」

「……………」

怒鳴られた当番目付がうつむいた。

「まあ、そなたらが生まれてもいないときのことはまあいい。だが、勘定吟味役はできてすぐに廃止されている。誰がやった。当時の勘定奉行荻原近江守《おぎわらおうみのかみ》だ。つまり、そのとき勘定方もそなたら目付の管轄に戻ったのだ」

ぐっと吉宗が拳を握った。

「目付は荻原近江守を糾弾すべきであった。元禄《げんろく》の改鋳《かいちゅう》などという悪貨製造を強行し、古金と新金の金差額で十万両を私《わたくし》した荻原近江守へ、どうして手を出さなかった」

「我らより前の者のことでございますれば、わかりかねまする」

当番目付が逃げた。

「そうか、おまえたちのせいではないのだな」

「我らのあずかり知らぬところでございまする」

念を押した吉宗に、当番目付が首肯した。

「監物、そなたはどう思う」

「恥じ入りまする」

田ノ元監物が頭《こうべ》を垂れた。

「おい、監物」

裏切るような行動を取った田ノ元監物を当番目付が制した。

「では、あらためてそなたら目付に命じる。当時の目付どもを監察し、評定所《ひょうじょうしょ》へ引きずり出せ」

「なっ、なんと仰《おお》せで」

「それは」

目付たちが動揺した。

「どうした、不満か」

「畏れながら、目付が退任後に咎めを受けた前例はございませぬ」

当番目付が首を横に振った。

「なぜいかぬ」

「監察は、その役儀上、在任中のことについてはなにも記録が残りませぬ」

誰が誰を調べているかなどがわかれば、監察の意味はなくなってしまう。目付がなにをしているか、なにをしたかは一切わからないようになっていた。

「……愚かな。それを己が特権とでも思ったか」

当番目付の言いわけを受けた吉宗が嘆いた。

「ならば訊こう。目付は在任中のことで咎められぬというならば、なにをしなくてもいいということであるか」

「決してそのようなことではございませぬ」

吉宗の指摘に当番目付が否定した。

「ほう」

小さく吉宗が口の端をゆがめた。

「世が泰平であり、役人がすべて誠実で有能だというならば、監察の仕事はないだろう。だが、そうではなかった。つまり、目付どもは働いていなかったということじゃ」

「…………」

「気づかなかったなどと申すなよ。それこそ、ますます無能ぶりをさらけ出すことになるぞ」

黙った当番目付に吉宗が言った。

「承知いたしましてございまする」

当番目付に代わって、田ノ元監物が応じた。

「監物、なにをっ」

「台命なのだ。お受けするしかあるまいが」

驚いた当番目付に田ノ元監物が言い返した。

「それはそうであるが……目付の独立が」

まだ当番目付は納得していなかった。

「公方さまは徳川家のご当主。そして我らはその家臣でしかない」

「うう」

田ノ元監物に強く言われて、当番目付が言葉をなくした。

「ようやくわかったか。下がれ」

あきれながら吉宗が手を振った。

「御免を」

「はっ」

目付たちが御休息の間次の間を出ようとした。

「ああ、待て」

「なにか」

吉宗の制止に、目付たちが足を止めて膝を突いた。

「荻原近江守と同じころに目付であった者だけではないぞ。それ以降の者もじゃ。先達《せんだつ》たちの失策を見逃したのだからの」

感情のない声で吉宗が付け加えた。

「……まったく」

目付たちを追い返した吉宗が嘆息した。

「することがないから、ろくなことをせぬ。忙しくしておけば、他人の粗《あら》など探す暇はなくなるだろう」

吉宗が首を左右に振った。

四

水城聡四郎は、控えとして与えられている梅《うめ》の間《ま》に出務した。

「おはようござる」

「お支配、おはようございまする」

「おはようございまする」

朝の挨拶をした聡四郎に、たった二人の配下が応じた。

「お耳になさいましたか」

吉宗から外記《げき》の名乗りを許された惣目付支配方花岡琢磨《はなおかたくま》が、聡四郎の側へと近づいてきた。

「なんのことか」

聡四郎が首をかしげた。

「公方さまが目付に厳しい任をお命じになられましてございまする」

「……公方さまが。どのようなことかの」

花岡外記の話に聡四郎が興味を持った。

「先ほど……」

経緯を花岡外記が語った。

「それは難しいことだな」

「はい」

眉《まゆ》をひそめた聡四郎に花岡外記が同意した。

花岡外記もつい先日まで目付であった。惣目付が創設されたことに反発した目付のなかで将軍の指示には従うべきであるとして、一人花岡外記は吉宗に付いた。その結果、花岡外記は目付上席の格式で惣目付支配方に任じられた。

「そのことでございますが」

もう一人の配下で、聡四郎が勘定吟味役だったころからの付き合いである太田彦《おおたひこ》左衛門《ざえもん》が口を挟んできた。

「どうやら……」

目付たちがなぜ吉宗から、そのような指図を受けることになったのかの事情を太田彦左衛門が述べた。

「あいかわらず、詳しいな」

御休息の間であったことは外へ漏れない……はずであった。将軍の居室も兼ねる御休息の間では、政《まつりごと》だけでなく吉宗の私のことも話し合われる。それがどのように些細《ささい》なことでも、外へ知れれば影響は大きい。

「公方さまが新たな側室をお探しだそうだ」

たちまち旗本が娘をなんとかして大奥へ入れようと走り回る。

「某が咎めを受けるらしい」

あっという間に商人がその家へ群がり、借金の取り立てや家宝や家具などを安く買いたたこうとする。

将軍の意向が漏れるというのは、まちがいなく世情を騒がせる。

「たとえ親兄弟に対しても決して口外しない。御役を退いた後も生涯口を閉ざす」

御休息の間に常駐する役目、側用人《そばようにん》、御側御用取次《おそばごようとりつぎ》、小姓番、小納戸《こなんど》などは、就任のときにその旨《むね》を誓書《せいしょ》に認《したた》めて提出する。

「切腹《せっぷく》を申しつける。また目通りは今後叶《かな》わぬ」

もし、これに違反すれば、本人はもとより家まで咎められることになった。

どの役目も皆、名門譜代でなければ就任できない。その名誉ある役目に傷を付けたとなれば、幕府の仕置きは厳しいものとなって当然であった。

その厳重な将軍居室でのことを太田彦左衛門は手に入れていた。

「少し脇のほうから聞こえてきただけでございます」

御休息の間の者からの直接情報ではないと、太田彦左衛門が首を左右に振った。

「阪崎左兵衛尉の咎めが、目付の尻に火を付けた……」

「おそらくは」

聡四郎の推測に太田彦左衛門が首肯した。

「外記、目付とはそこまで浅いのか」

「恥じ入りまする」

考えなしの集まりかと聡四郎に訊かれた花岡外記がうつむいた。

「そなたを叱っているわけではないぞ」

聡四郎が苦笑した。

「いえ、ついこの間まで同じような考えをいたしておりましたゆえ」

花岡外記が情けなさそうな顔をした。

「で、公方さまのお下知《げじ》は実行できるのか。ああ、もちろん、台命は果たさなければならぬものである」

この場には三人しかいないとはいえ、どこで漏れるかもしれないのが城中というところの恐ろしさである。

聡四郎は建前を後付けながら、口にした。

「命がけで挑んでも……」

最後まで言わず、花岡外記が首を横に振った。

「……ふむ」

聞いた聡四郎が腕を組んだ。

「騒がしくなるぞ」

誰も過去の、権力に阿《おもね》って見て見ぬ振りをしたり、なにもしなかったことが、何十年も経ってから罪だとのしかかってくるなど思ってはいない。

役人である限り、誰にでも経験があることなのだ。

目付が動き出せば、城中はそれこそ蜂の巣を突いたような騒ぎになるのはまちがいなかった。

「城中静謐《せいひつ》は目付最大の役目でございますが……」

そこに花岡外記が気付いた。

「原因が、結果に噛《か》みつかれることになりますな。目付が騒動のもととなれば、もうその指図に従う者はおりませぬ」

太田彦左衛門もため息を吐《つ》いた。

「なにをお考えなのだ、公方さまは。本当に目付という役職をなくしてしまわれるおつもりか」

聡四郎は吉宗の行動に懸念を抱かざるを得なかった。

惣目付はすべてを監察する。

とはいえ、そうそう仕事があるわけではなかった。もし、惣目付が屋敷へ帰られないほど忙しくなるようであれば、まちがいなく幕府はときを経ずして倒れる。

「お帰りなさい」

「今、戻った」

屋敷に帰った聡四郎は、玄関で待ち構えている紅に、微笑《ほほえ》んだ。

今の水城家は一千五百石という上級旗本、正室が夫の帰館を玄関まで出迎えることはない。それどころか、奥に籠《こ》もって聡四郎のほうから会いに行かなければ、顔を見ることもないのが普通であった。

近所に見られれば、常識知らずと確実に陰口をたたかれる行為だが、紅も聡四郎も気にはしていない。

紅は吉宗の養女である。これだけを見れば、それこそどこの大名の姫か、公家《くげ》の娘かと思われるが、ただの町娘でしかなかった。

兄の病死を受けて家督《かとく》を継ぎ、そのうえで勘定吟味役へいきなり抜擢《ばってき》された聡四郎が、幕府の普請について調べようとしたときに、人足《にんそく》を出した江戸城出入り口入れ屋の娘だった紅と知り合った。

お歴々というにはいささか不足するが、五百五十石という目見得《めみえ》以上の旗本にとって、いかに江戸城出入りを許されている店の娘でも、そのまま正室として迎えるのは難しかった。

もちろん、やりようはあった。

紅を水城家の遠縁か、相模屋とかかわりのある小旗本の養女にして体裁を整えればすむ。だが、正室が町家の出だということは、どこかで知れる。

そうなれば、聡四郎の出世はなくなった。

豊臣秀吉《ひでよし》、小西行長《こにしゆきなが》らを生み出した戦乱の世ではなく、身分が固定された泰平の世にあっては出自はどこまでも付いて回る。

泰平は明日殺されるかもしれないという怖れがなくなる代わり、能力ではなく生まれがすべてを決定した。

「町娘ごときに籠絡《ろうらく》されるようでは、役に立たぬ」

すべてではないが、そう考える者が幕府のほとんどを占めている。

「だからどうした」

そのようなもの、聡四郎は気にしていなかったが、

「妾ならばまだしも、妻にはできぬ」

父功乃進《こうのしん》から、紅と別れろと言われたこともあった。

紆余《うよ》曲折《きよくせつ》があり、というか紀州藩主から将軍へと成りあがろうとしていた吉宗の思惑で、紅はその養女として迎えられた。

「将軍の養女」

この看板は、紅の生まれを霧散《むさん》させるほどの破壊力を持っていた。

「畏れ多い」

あれほど紅を嫌っていた功乃進は、その前に頭《こうべ》を垂れて隠居座敷に籠《こ》もってしまった。

大きな波を伴って水城家へ輿入《こしい》れした紅だったが、その本質は変わっていなかった。

一度は旗本の妻らしくしようとしたが、結局もとのお侠《きやん》な紅に戻っていた。

「疲れた顔をしているわよ」

刀を袖《そで》で受け取りながら、紅が気遣った。

「そうか。まだ疲れる前なのだがな」

「お義父《とう》さまね」

苦笑した聡四郎に紅が言った。

「…………」

さすがに妻の義父だからといって、将軍への文句は口にできない。聡四郎は無言で肯定した。

「竹姫さまに言いつけてやろうかしら」

紅が眉を少し逆立てた。

「止《や》めてくれ。結局、こちらに飛び火する」

聡四郎が手を振った。

公家清閑寺熙定《せいかんじひろさだ》の娘竹姫は、五代将軍綱吉の側室だった叔母大典侍《おおすけ》の願いで、その養女として江戸へ迎えられた。綱吉の娘として会津《あいづ》藩主の世子松平久千代《せいしまつだいらひさちよ》、続けて有栖川宮正仁《ありすがわのみやまさひと》親王と婚約するが、どちらも死去してしまい婚姻にいたらなかった。さらに綱吉が亡くなり、幕府がその後始末に追われてしまい、誰も竹姫のことを気にする余裕がなくなって忘れられた。

その竹姫に、八代将軍吉宗が大奥へ足を運んだことによって光が当たった。

「公方である」

目見得以上の上臈《じょうろう》、中臈《ちゅうろう》らを大広間に集めた吉宗は、その片隅で身を小さくしている竹姫に目を奪われた。

「……なんと」

将軍になるため、天下に改革をおこなうため、すべてを注いで走り続けてきた吉宗が、竹姫の可憐《かれん》さに惹《ひ》きつけられた。

吉宗、三十三歳の初恋であった。

「継室《けいしつ》として迎えたい」

将軍の、天下人《てんかびと》の要求である。しかも相手はもとはいえ権大納言《ごんだいなごん》、名家《めいか》の格式を誇る清閑寺熙定の娘である。将軍の正室は宮家あるいは五摂家《せっけ》からという慣例はあるが、吉宗は御簾中《ごれんじゅう》として迎えた伏見宮《ふしみのみや》家の姫真宮《さなのみや》と死別しており、それに縛られずともすむ。

吉宗と竹姫の婚姻にはなんの支障もないように見えた。

「人倫にもとるまねは、天下を統《す》べるお方のなさることでは」

六代将軍家宣の御台所《みだいどころ》であった天英院《てんえいいん》から、待ったがかかった。

実際の血は繋《つな》がっていないとはいえ、竹姫は五代綱吉の養女となっていた。つまり、竹姫は吉宗にとって義理の大叔母であったのだ。

「…………」

こればかりは将軍でもどうしようもなかった。

なにせ、形だけとはいえ直系相続を将軍家は旨《むね》としている。もちろん、八代の間に直系は何度も絶えている。四代から五代は兄弟、五代から六代は叔父甥、七代から八代は初代将軍家康まで遡《さかのぼ》らないといけないほど遠い間での継承である。

「綱吉公と竹姫の養子縁組を解く」

これをおこなえば、吉宗が将軍となるためにわずか七歳の家継の息子になった養子縁組も潰せる前例となってしまう。

「……ならぬのか」

吉宗は竹姫を御台所として迎えるのをあきらめた。

正室が駄目なのだ。側室にするなど論外であった。

「一夜限りの……」

一度も女として男からの情熱を向けられたことのなかった竹姫も、ひたむきな吉宗の想いにほだされていた。

くない。

「こう、一刀両断というわけにはいかないのかねえ」

紅が刀を振るまねをした。

「それこそ、後始末が大変になる」

聡四郎が頬《ほお》をゆがめて見せた。

第二章　技を継ぐ者

一

剣術遣いと呼ばれる者は、剣を学ぶ者のなかでも一握りだけであった。

人生のすべてを剣術に費《つい》やし、技と力と精神の鍛錬に耐えきれた者でも、名人、達人と呼ばれはしても真の意味での剣術遣いにはなれなかった。

剣術遣いというのは、剣のためなら己だけでなく、他人をも平然と犠牲にできる者だけがいたることができる狂気であった。

「忍《しのび》の臭いがする」

名古屋で入江無手斎《いりえむてさい》が口にした。

「犬よりすごいの」

箱根《はこね》で傷ついた入江無手斎を治療してから、その道中に同行している医者の木村《きむら》暇庵《かあん》があきれた。

「本当に臭いを感じているわけではないわ」

入江無手斎が木村暇庵を見た。

「わかっているとも。臭いというのは、雰囲気であろう」

木村暇庵が述べた。

「うむ。かつて廻国《かいこく》修行をしていたときは、熱田《あつた》神宮と伊勢《いせ》神宮が目的であったのでな、名古屋は素通りに近かった」

武を学ぶ者にとって、神は畏敬《いけい》を捧げる相手であり、啓示《けいじ》をくれるありがたいものであった。

剣術の祖とされている慈恩《じおん》禅師、陰流《かげりゅう》の創始者愛洲移香斎《あいすいこうさい》など、神仏からのお告げを受けて開眼にいたった者は多い。

「いつかは……」

剣術遣いを目指す者にとって、三種の神器の一つ草薙剣《くさなぎのつるぎ》を祀《まつ》る熱田神宮、すべての神の頂点に立つ天照大神《あまてらすおおみかみ》を祭神とする伊勢神宮は、香取《かとり》神社や諏訪《すわ》大社と合わせて、額《ぬか》ずいて守護を願うべき場所であった。

「名古屋には柳生流《やぎゅうりゅう》の本家があろう」

木村暇庵が名だたる流派を口にした。

「将軍家剣術指南役として、技よりも身分を気にするようになってしまっては、見るべきものはない」

代々の将軍は柳生家に対し、誓書を出して弟子入りする。つまり将軍を教えることになるのだ。それを腕がいいからといって浪人や御家人《ごけにん》にさせるわけにはいかなかった。少なくとも目見得以上の格がいる。ならば柳生の当主がすればいいのだが、名医の息子かならずしも医者たらずというのと同じで、先祖が剣の達人だからといって子孫もそうだとは限らない。下手をすれば太刀《たち》が重いという軟弱な者しか跡継ぎにいないこともあり得る。

「指南役を解く」

そうなれば、家職は召しあげられる。

将軍家剣術指南役を務めているおかげで柳生家は定府《じょうふ》、参勤交代《さんきんこうたい》を免じられている。もし、指南役を取りあげられれば、大名の義務である参勤交代をしなければならなくなる。一万石という大名ぎりぎりの柳生家が、大和《やまと》と江戸を一年ごとに行き来すれば、財政の破綻《はたん》を招くのはたしかであった。

そうならぬよう、柳生家は弟子入りをしてきた大名の子息で出来のいい者を養子として迎えて、体裁を取り繕っていた。

入江無手斎が断じるのも当然であった。

「それは江戸柳生だろう。本家は尾張柳生と聞いたが」

「分家が大名になったことで、本家もゆがんだ」

木村暇庵の疑問に入江無手斎が応じた。

「本来新陰流《しんかげりゅう》は一国一人にしか免許は許されなかった。新陰流を編み出した上泉《かみいずみ》伊勢守《いせのかみ》さまから印可《いんか》を受けたのは、柳生石舟斎宗厳《せきしゅうさいむねよし》どので、その印可は嫡男の新《しん》次郎厳勝《じろうよしかつ》どの。そしてその印可は厳勝どのの次男兵助利厳《へいすけとしとし》どのが受け継ぎ、名古屋藩徳川家の指南役となられた」

「ほうほう」

語る入江無手斎に、木村暇庵が相槌を打った。

「ここに江戸柳生が割りこんだ。江戸柳生初代但馬守宗矩《たじまのかみむねのり》、宗厳《むねとし》どのの末息子がな、将軍家剣術指南役が印可《いんか》なしでは、鼎《かなえ》の軽重《けいちょう》が問われると強硬に主張して、己にそれだけの器量がなかったから与えられなかった印可を無理矢理に受けたのよ」

「面目か。武芸者の気にするところではないの」

木村暇庵が首を左右に振った。

「そうだ、剣術遣いは、面目よりも技を大切にせねばならぬ。それを看板にこだわるから、碌《ろく》でもないことをする」

「おぬしよりもか」

言った入江無手斎を木村暇庵が皮肉った。

「儂がまともでないことはたしかだが、その言いかたは腹立たしいの」

「ふふふ」

睨みつける入江無手斎をものともせず、木村暇庵が笑った。

「まったく、堪《こた》えもせぬの」

入江無手斎が苦い顔をした。

「で、印可を無理矢理受けたというのは」

「将軍の名前を出して脅すようにして印可を奪った。いたしかたないことではあるが、それをしたことで印可の値打ちが下がったのは否めぬ」

「江戸柳生初代の但馬守もそこそこ遣ったのだろう」

「見たわけではないが伝えによると、そこいらの道場主とは一線を画していたと」

「それでも剣術遣いではないのだろう」

「ない」

はっきりと入江無手斎が言いきった。

「剣術で家禄を受けた。これでは剣術遣いとは言えぬ。剣術遣いは、なにも求めぬ。ただひたすら剣の技を磨くだけ」

「……今のおぬしは剣術遣いか」

真剣な表情で木村暇庵が問うた。

「違う。今の儂は復讐《ふくしゅう》に囚《とら》われておる。これはすべてを捨て去る剣術遣いにふさわしくない」

「なら、なんだ」

木村暇庵が重ねて訊いた。

「剣鬼よ。ただただ、あやつを殺すことだけを求めた鬼」

「鬼か。愚昧《ぐまい》は鬼を野に放ったことになるの」

告げた入江無手斎に木村暇庵が応じた。

「なにを後悔らしいことを言うか。そなたも鬼ではないか。人を治すためならば、手段を選ばぬ」

「であるなあ」

糾弾を受けた木村暇庵が認めた。

「さて、これからどうする」

「少し暴れる」

「暴れるだと」

木村暇庵が入江無手斎の言葉に目を剝《む》いた。

「潜んだ忍を探すのは難しい。人の気《け》がない山奥ならばまだしも、こうも人が集まるところでは、気配など紛れてしまって、まったくわからぬ」

「であろうな」

辺りを見回した木村暇庵がうなずいた。

「こちらからは探せぬ。ならば、向こうから来させればよい」

「どうやって。背中に幟《のぼり》でも付けるか。入江無手斎ここに参上とでも書いて」

木村暇庵が手段を尋ねた。

「道化《どうけ》ではないわ」

入江無手斎が嫌そうな顔をした。

「ほう。どうするのか、教えてもらおうではないか」

興味深げに木村暇庵が、入江無手斎に質問した。

「簡単なことだ。名古屋で道場破りをするだけだからな」

「道場破り……」

「おうよ。道場破りなど、そうそうにあることではない。それだけに目立つだろう。忍は世間の動きに敏感だ。でなければ生きていけぬからの。そこに江戸から来た老剣客が、地元の道場を荒らしているという話が聞こえれば、無視はできまい」

首をかしげた木村暇庵に入江無手斎が説明した。

「たしかに無視はできまいが……道場にとってみれば迷惑なことよな」

木村暇庵がなんともいえない顔をした。

「知ったことではない」

冷たく入江無手斎が口にした。

「では、始めよう。先に宿へ帰ってくれ」

入江無手斎が木村暇庵へ勧めた。

「そうもいかんだろう。怪我人が生み出されるのを黙って見ている医者など、笑い話にもならぬでの。付いていくぞ」

木村暇庵が手を振った。

大宮玄馬《おおみやげんば》は入江無手斎から、一放流《いっぽうりゅう》小太刀術を創始することを認められた。

鎧兜《よろいかぶと》を身につけた武者を一撃で屠《ほふ》るために生まれた一放流は、上段からの一撃にすべてを籠めるのが極意とされていたが、小柄で非力な大宮玄馬には難しいものであった。

そこで大宮玄馬は、力の一放流に籍を置きながら、身軽に動くことで首や脇の下などの急所を撃つことに重点を置いた。

「小太刀を遣わせれば、儂より上じゃ」

その努力は実り、入江無手斎に大宮玄馬は認められた。

「一放流小太刀を創設することを許す」

入江無手斎が道場を閉める前に、大宮玄馬は一流の剣客となった。

とはいえ、大宮玄馬は貧しい御家人の三男で、とても剣術だけで生きていくことはできない。

「吾に仕えてくれ」

認可を受ける前、聡四郎に誘われた大宮玄馬はその家士《かし》となっており、師匠から許可が出たからといって、剣術に没頭するわけにはいかなくなっていた。

「恩がございまする」

御家人の三男の末は悲惨なことが多かった。

家を継げる嫡男、養子の口を早くから探せる次男はまだいいが、三男ともなるとよほどの特技か才能でもなければまず世に出ることは叶《かな》わなかった。

三男以下は、実家の片隅で、妻も娶《めと》れず、無給の使用人として生きていくことがほとんどであり、一放流などという無名に近い流派で免許を得ただけの大宮玄馬もそうなるはずだった。

その大宮玄馬が、水城家の家臣となった。

ちょうど水城家が新井白石によって加増されたというのもあったが、腐っていくだけの運命から救い出してもらえたのはたしかであり、そのため大宮玄馬は聡四郎に忠誠を誓っていた。

「道場を開いてはどうだ」

剣術の道をあきらめた大宮玄馬に、またも聡四郎が救いの手を伸ばしてくれた。

「家士も増えた。登下城の供も、玄馬だけではなくなったからな」

大幅な加増を受けて水城家は、人手不足になった。

旗本には幕府が決めた軍役《ぐんえき》というものがあった。何石の旗本は何人の士分を抱え、何人の小者《こもの》を雇うかを義務づけたものであるが、そのようなもの戦がなくなってしまえば、形骸化《けいがいか》する。

事実、軍役どおりに家士や小者を召し抱えている家などなくなっている。登城などで人手がいるときだけ、口入れ屋から回してもらうのが通例となり、誰もがそれを知っているが知らぬ顔をしている。

そんななか、聡四郎は千五百石に見合うだけの軍役を果たそうとしていた。

「惣目付が幕府の決まりに反している」

そう言われないためであった。

そもそも分家から入った吉宗が嫌われていた。幕府の前例、慣例を無視するどころか破壊してでも、改革をおこなっているし、倹約も率先している。

「将軍のなさることではない」

「ご身分というのをお考えいただかねば」

将軍がやれば、それに従うのが家臣である。

吉宗が木綿《もめん》ものを身に纏《まと》い、一汁一菜《いちじゅういっさい》を実践しているのだ。老中であろうが、天下の豪商であろうが、表だってはそれに倣《なら》うしかない。

当然、質素倹約は贅沢を覚えた者にとって辛いものであるし、商売にも大きな影響をもたらしている。

だが、吉宗のしていることを非難はできなかった。
なにせ幕府に金がない。
金がなければ政《まつりごと》はもちろん、軍備を整えることさえできなくなる。
「なんとか……」
それでも吉宗のやることに不満を持つ者はいる。
「将軍は、我ら執政《しっせい》のやることに花押《かおう》だけ入れてくれればいい」
老中は将軍親政《しんせい》のおかげで、施政をなすというより、吉宗の指示を聞くだけにな
ってしまっている。奏者番《そうしゃばん》を振り出しに、京都所司代《しょしだい》、大坂城代などを無事にこな
し、ようやく天下の執政となったというのに、やっていることは勘定方の下僚《かりょう》と
変わらない。
「衣服さえ自儘《じまま》にできぬのか」
男のいない大奥で贅沢だけを楽しみに生きてきた女中たちは、減らされた予算に
嘆いている。
この手の連中はなんとかして吉宗の失点を探し、頭を押さえつけようと考えてい
る。
「股肱《ここう》の臣《しん》で、義理の娘婿」

まさに聡四郎は、かっこうの獲物であった。

「まだ慣れておらぬのじゃ。大目に見てやれ」

失態を犯した聡四郎をかばえば、

「贔屓《ひいき》をなさるお方の改革など……」

痛みを伴う改革への信頼が危うくなる。

「惣目付の役目を解く」

ならばと聡四郎を切り捨てれば、吉宗は少ない手足を自らなくす羽目に陥《おちい》る。

「…………」

かといって知らぬ顔はできなかった。

なにせ吉宗の足を引っ張りたいと考えている連中が、突破口を攻め続けないはずはなく、いつかは吉宗も耐えきれなくなる。

そのためにも聡四郎は、すでに過去の遺物と化している軍役に合わせなければならなかった。

もっとも、そのおかげで大宮玄馬に多少の暇ができたのはたしかであった。

「さて……と」

今、大宮玄馬は己の道場兼居宅を探していた。

「お屋敷から遠すぎては、いざというとき間に合わぬ」

大宮玄馬が独《ひと》りごちた。

「道場など、とんでもないことでございまする」

当初、大宮玄馬は聡四郎から道場を開くことを勧められたが拒んでいた。

「わたくしは生涯、殿の警固《けいご》を務めさせていただくつもりでおりまする」

「流派を一つ潰すつもりか。入江師の願いを叶えるのも弟子の務めである」

首を横に振る大宮玄馬を、聡四郎は根気強く説得した。

「では、お長屋を借り受けまして……」

水城家から与えられている住居を道場代わりにすると大宮玄馬が妥協案を出してきた。

「それでは弟子たちが存分に稽古できまいが」

聡四郎がだめ出しをした。

武を誇る旗本のなかには、屋敷のなかで道場を開いている家もあった。本人あるいは腕の立つ家臣が師範として、弟子に稽古を付けている。

問題は弟子が家臣以外のときであった。

いかに道場を開いているとはいえ、町道場ではないのだ。

表門を大きく開けて夜明けから日暮れまで出入りを許すわけにはいかなかった。なにせ表門は、主君、その一門、上役、使者、重臣などが通過するときにだけ開かれるのが慣習であり、弟子という格下の者が気軽に潜《くぐ》っていいものではなかった。

では、どうするのかといえば、脇門あるいは裏門を開放して、そちらを使わせるのだが、それでも不特定多数の者が随意、随時に出入りできるようでは防犯上も好ましくない。そのため、道場といえども稽古できるのは午前中だけとか、午後だけとかに限定する。

「もう少しでわかるところなのだが……」

「なんとか稽古を続けたい」

そう弟子たちが願っても、それは許されない。

「夜通しやるか」

入江無手斎は、弟子がその気になれば徹夜でも指導をしてくれた。朝から日暮れまでなど当たり前であった。

それが今の聡四郎、大宮玄馬を作った。

聡四郎は剣術道場というものの理想を入江道場だと思っていた。もちろん、大宮玄馬も同じ思いである。

「ですが、さすがに」

「それよなあ」

大宮玄馬の懸念《けねん》を聡四郎も抱いていた。

「ぜひ、入門をお許しいただきたく」

「見学をさせていただきたい」

道場には弟子ではない者もやってくる。

「少し振ってみせよ」

「好きなだけご覧になればいい」

その手の者を受け入れるのも道場としての役目であった。

ただ、水城家には宝物があった。

紬である。

まだ当歳を過ぎたばかりの赤子など、小脇に抱えるどころか、懐《ふところ》に入れてしまうことさえできる。事実、紬は一度掠《さら》われていた。

吉宗の急所の一つでもある紬には、いつも誰かが付いている。伊賀の女忍《おんなしのび》であった袖《そで》は、紬が掠われたときに怪我をしてしまったため、十全《じゆうぜん》の状態にはない。

それ以外にも、やはり伊賀から来た山路兵弥《やまじひようや》、播磨麻兵衛《はりまおへえ》らが紬を守っている。

だが万全とは言えない。どうしても人には一瞬の隙《すき》というのがある。その隙を突かれれば、老練な伊賀者でも出し抜かれる。

不特定多数の者が出入りするようになれば、紬を守る者たちの緊張は解けることなく続くことになる。そして、緊張はどこかで切れる。

「他人を入れたくはない」

「はい。一歩たりとて門内には入れるべきではございませぬ」

この点において、聡四郎と大宮玄馬の意見は一致した。

「となれば、外だな」

「それでは、殿の警固が」

屋敷の外に道場を設けるしかないと口にした聡四郎に、大宮玄馬が目を剝《む》いた。

「なにを言われまするか」

「それなのだがな」

反対しようとした大宮玄馬に聡四郎が話を持ちかけた。

「このまま藤川が黙っていると思うか」

「思いませぬ」

聡四郎の危惧《きぐ》に大宮玄馬が同意した。

「であろう。またぞろ、吾《われ》か、紅《あかね》か、紬《つむぎ》を狙ってこよう」

「はい」

大宮玄馬が首肯した。

「そこでだ。屋敷を守らねばならぬ」

「当然でございまする。なればこそ、わたくしは殿の側に」

守りは厚いほうがいいと大宮玄馬が言った。

「そこよ」

聡四郎が吾が意を得たりとばかりに、膝を叩いた。

「城攻めと同じではないか」

「……城攻め」

「うむ。我らは籠城《ろうじよう》する側、そして藤川らが攻城《こうじよう》する側」

「はあ」

大宮玄馬の返事が少し怪しくなった。

「強い城というのはな、単独ではないのだ」

「…………」

「攻城しにくい城というのは、単独ではなくかならず支城を持っている。本城が攻められたとき、支城は人を出して敵の背後あるいは脇を突く。そこへ本城から一気に兵を出せば……」

「藤川たちを撃退できる……」

「そうだ」

呟《つぶや》くように述べた大宮玄馬に、聡四郎がうなずいた。

「本心は藤川を仕留めたいが、あやつは小狡《こずる》い。他人を使って、己は安全なところから高みの見物をするだろう」

「でございましょう」

紬を掠ったときでも、聡四郎と大宮玄馬の前に藤川義右衛門は姿を見せなかった。

「それでもかまわぬ。攻めてきた忍、藤川の配下を討つだけでも十分な結果になる。すでに幕府伊賀組、甲賀組《こうがぐみ》、根来組《ねごろ》などは公方さまによって抑えこまれている。前のように組内から抜ける者は出まい。出せば、家が潰れるからな」

聡四郎が口の端を吊りあげた。

藤川義右衛門が御広敷伊賀者から抜けたとき、いつまで経っても出世のない身分に倦《う》んだ者や次男、三男で冷や飯喰らいだった者の幾人かが、その誘いに乗ってていなくなった。

「伊賀を根絶《ねだ》やしにいたそうか」

そのことを知った吉宗は、幕府伊賀者の廃止どころか、伊賀の郷《さと》に幕府の兵を送りこんで皆殺しにすると怒った。

「なにとぞ、なにとぞ」

聡四郎を始めとする者たちの説得で惨劇は避けられたが、それでも伊賀者への当たりはきつくなった。

「そなたが差配せい」

とくに藤川義右衛門が牛耳《ぎゅうじ》っていた御広敷伊賀組は厳しい扱いを受けた。

もともと伊賀者は、御広敷番頭《ばんがしら》の支配を受けた。御広敷番頭という名称からもわかるように、番方《ばんかた》に含まれる。御広敷伊賀者は、大奥という将軍の私《わたくし》を守る盾であった。

しかし、当時聡四郎が就いていた役職は、吉宗が新設した大奥の庶務を司る御広敷用人であり、これは番方ではなく、役方《やくかた》に入る。

「おまえたちは信用できぬ」

番方でなくなったというのは、大奥の警固としての信用をなくしたと同義であった。

別段、御広敷伊賀者の役目が変わったわけではなく、大奥へ入る者の警戒、出かける高級女中の供など従来のままであるが、それでも対外的には恥になる。

「ふん」

「情けなき」

今までもっとも数が多く、大奥へ出入りする商人や女中からの付け届けもあって少しとはいえ金回りのよかった御広敷伊賀者から下に見られていた明屋敷《あきやしき》伊賀者、小普請方《こぶしんかた》伊賀者などが、今までの恨みを晴らすかのように嘲笑《ちょうしょう》し始めた。

「……………」

なれど、それに言い返すことはできなかった。

これは吉宗の与えた罰であったからだ。

といったところで、それも過去の話になった。

聡四郎が御広敷用人を辞め、道中奉行副役《そえやく》から惣目付へと転じたからである。

今も御広敷伊賀者は大奥警固の役目を続けてはいるが、その支配は惣目付に替わったことで番方、役方の区別から外れた。

まさに紆余曲折を経たとはいえ、御広敷伊賀者は聡四郎の配下として無事を謳歌《おうか》している。まちがえても聡四郎や、吉宗を裏切るようなまねはできない。

「甃《たお》したぶんの補充が利《き》かない……」

「うむ」

大宮玄馬の答えを聡四郎は認めた。

「他にも兵弥と麻兵衛の話によると、伊賀の郷は公方さまにお手向かいせぬと決めたという。他にも国中を探せば、忍の郷はあるだろうが、それを取り込むだけの余裕は藤川にはないはずだ」

「…………」

言われた大宮玄馬が思案に入った。

「気が進まぬか」

大宮玄馬がなにに悩んでいるかを聡四郎は理解していた。

藤川義右衛門だけではなく、名古屋藩尾張家、京の闇など、聡四郎は何度も面倒な敵との戦いを経験してきた。

闇討ちは当たり前、弓矢で狙われたこともあった。多人数を相手取ったことも少なくはない。ときには危機に陥《おちい》ったこともある。

そのすべてを聡四郎は大宮玄馬と切り抜けてきた。

いや、大宮玄馬がいなければ、聡四郎は生き残れていなかっただろう。

「支城を任せるのは、もっとも勇猛で信用の置ける部将《ぶしょう》ぞ」

「もっとも信用の置ける……」

大宮玄馬が繰り返した。

「登城と下城の供は当番でしてもらう。紬には紅と紬の守りを任せる」

「え、そ、紬どのがなぜここに」

惚れた女の名前が支城にかんして出たことに大宮玄馬が焦った。

「一緒に住むのだろう」

「な、な……」

訊かれた大宮玄馬がおたついた。

「はあ」

聡四郎が盛大にため息を吐いた。

「なぜ知っているかという顔をするな。吾が直接紬に問いただしたわけではないぞ。紅から聞いたのよ」

「奥方さまから」

大宮玄馬が目を大きくした。

「紬から相談されたそうだ」

「あ、あ、あ」

顔を真っ赤にした大宮玄馬が言葉にならない声を発した。

「どれだけの強敵を前にしても臆さぬそなたが……」

聡四郎が驚いた。

「いや、笑えぬの。吾もそうであった。よく師にからかわれたわ」

紅との仲を冷やかされたことを聡四郎は思い出して苦笑した。

「玄馬。袖と夫婦《めおと》になれ。主君として命じることではないが、妻を娶《めと》った男として、先達《せんだつ》としての助言じゃ。家を作り、守り、受け継いでいく。これはすべての者に課せられた役目であるぞ」

「……はい」

少しの間を開けたが、大宮玄馬が強く首を縦に振った。

「それにな。女を待たせては碌《ろく》なことがないぞ。なかなか踏みきってくれず、殿さまから言われてようやく決断するとは。嫁《い》き遅れるかと思ったわ……そう、生涯恨まれたいか」

「それは勘弁願いたいと思いまする」

小声になった聡四郎に、大宮玄馬も合わせた。

「であろう。玄馬と袖が夫婦になる。なんともよきことである」

「かたじけのうございまする」

家臣の婚姻には、主君の許可が要った。

婚姻を認めると言った聡四郎に、大宮玄馬が頭を垂れた。

「道場とする場所が決まれば、申し出よ。その費えは出す」

「ありがたく」

家臣の住居は主君が用意するのが決まりというか、慣例であった。と同時に、いつ取りあげられても文句は言えなかった。

「支城と仰せであった。となると見通しもよくなければならぬ」

一目で水城屋敷の異変がわからなければ、応援が遅れる。

「となると、ここしかなさそうだ」

水城家の屋敷は、本郷御弓町《ほんごうおゆみちょう》にある。この辺りは大名の下屋敷や旗本の屋敷が建ち並んでおり、町家はそう多くはなかった。

場所がいいからといって、住んでいる他人を追い出すわけにはいかない。空き家を探さなければならないだけに、該当する物件は限られてくる。

しもた屋風で、さほど大きな家屋ではないが、二階建てというのが大宮玄馬の目に留まった理由であった。

「屋根の上へ登れば、お屋敷が見える。距離も二町《ちょう》（約二二〇メートル）ほどと近い。なにかあったならばすぐに駆けつけられる」

いざ鎌倉という言葉があるように、武士は主家になにかあったときは、なにをおいても参上しなければならない決まりである。ゆえに、足の速いことは武士として誇るべきものであった。

「少し傷《いた》んでいるが、手を入れればどうにかなろう」

大宮玄馬は、外観を確認した。

江戸は火事が多いためか、家賃は安い。その代わりというわけではないが、町家の造りは粗《あら》い。なにせ、いつ燃えてしまうかわからないのだ。

「十年家賃が取れればいい」

大家は、町長屋もしもた屋も消耗品としてみており、雨漏りや隙間風などの苦情も受けつけない。

「気になるなら、勝手に修繕してくれていいから」

家の修復は店子《たなこ》に丸投げであった。

「どうぞ」

空き家を貸してくれと頼めば、身元引受人の印をもらうのと、家賃を決めるていどですんなりと終わる。

ただし、住めるかどうかは大家の担当ではない。うかつに話を進めてから、根太《ねだ》が腐っていたとか、柱が傾いていたとなっては、住むどころの騒ぎではなくなってしまう。

「よさそうだ」

納得した大宮玄馬は、大家がどこに住んでいるかを訊くために地元の御用聞きのもとへと向かった。

二

入江無手斎は道場破りを始めた。

「一手ご指南願いたい」

道場破りが最初に口にする、一種の宣戦布告である。

「入られよ」

「あいにくだが、当道場では他流試合を禁じておりますれば、お帰りを」

大概の道場の反応はどちらかになる。

「勉強になる」

「得るものはある」

弟子だけでなく己も向上しようとしている道場主は受け入れる。

「生意気な。道場へ通して袋だたきにしてやろうぞ」

質《たち》の悪いところだと、最初から殺す気で迎え入れる。

「看板を取られては……」

「弟子の前で恥を掻《か》くわけにはいかぬ」

断る道場は、最初から剣術を商売として、いや、生活《たつき》の道として考えている。当たり前だが、道場破りに負ければたちまち評判は落ち、新たな弟子はもちろん、今いる弟子も去っていく。

「下手な癖が付いては困る」

道場破りをしようかという者は、まじめな廻国修行とは限らなかった。

「奇抜《きばつ》すぎる」

「剣の正道《せいどう》を外れておる」

師から忠告を受けても聞かずに、

「勝てばいい」

などと嘯いて破門《はもん》された者もいた。

こういった連中の剣は、一見外連味《けれんみ》があって、派手に思える場合が多く、

「おおっ」

「なるほど」

剣の初心者ほど影響を受けやすい。

それを懸念して、道場破りを避けるところもままあった。

「何流をお学びか」

入江無手斎が訪れた道場の門番代わりをする初年の弟子が問うた。

「一放流でござる」

「……もう一度お願いいたす」

初年の弟子が聞き損ねた。

「一放流」

淡々と入江無手斎が繰り返した。

「師範に伺って参りますゆえ、しばし、この場にてお待ちを」

よほど聞き覚えがないことに戸惑っているのか軽く首をかしげながら、初年の弟子が引っこんだ。

「無名というのもなんだな」

木村暇庵が笑いを浮かべた。

「……初年の者ならばしかたあるまい」

少しだけ入江無手斎が憮然《ぶぜん》とした。

「……道場破りだと」

奥から野太い声が聞こえた。

町道場というのは、どこでも同じような造りになっている。玄関は目見得以上の身分の武士かあるいは位階《いかい》を持つ公家、功績があって格別に認められた家以外には許されていない。出入り口を兼ねる引き戸、弟子たちが着替えや荷物を置く場所として使う控えの間、そして道場、というのが普通であり、なかでの話し声は外までよく通った。

「一放流……聞いたような気がするが。で、どのような風体《ふうてい》だ」

「老人としか」

初年の弟子が道場主の質問に答えた。

「年寄りか。ふむ」

少し道場主が黙り、

「……よかろう。案内《あない》いたせ」

「はい」

「どうやら、門前払いをされずにすみそうじゃ」

木村暇庵が喜んだ。

「向こうの意図をわかっていながら、なにを。無名の流派、老人。弟子たちの前で見事に勝ってみせる。師範としての面目が……」

「どうぞ、お通りくだされ」

入江無手斎の話を、戻ってきた初年の弟子の案内が遮《さえぎ》った。

「……かたじけなし」

ちょっと気まずい顔になった入江無手斎が、道場へとあがった。

「儂の道場よりも立派だ」

入江無手斎が嘆息《たんそく》した。

買いとった百姓《ひやくしようや》家を改築しただけの入江道場は狭く暗かった。それに比べてこちらの道場は無双窓《むそう》も多く明るいうえに、多くの弟子を想定しているのか広い。

「よくぞ参られた」

上座から道場主が歓迎するように両手を拡げた。

「お許しをいただきかたじけのうござる。一放流入江無手斎と申しまする」

「微塵流《みじんりゅう》、黒浜一宇《くろはまいちう》じゃ」

道場主も応じた。

「そちらの御仁は」

黒浜一宇と言った道場主が、木村暇庵を気にした。

「医者の端くれでござれば、ご放念《ほうねん》くだされ」

木村暇庵が素《そ》っ気《け》なく告げた。

「さようか」

少し鼻白《はなじろ》んだ黒浜一宇が、入江無手斎に顔を戻した。

「他流試合をお望みとか。当道場では他流試合も学びの場としておりましての」

「結構なことかと」

「で、最初は弟子たち数人との立ち会いをしてもらいたい」

うなずいた入江無手斎に黒浜一宇が求めた。

「承知いたしてござる」

どことも同じである。道場破りの腕がどのくらいかを計り、太刀筋を見て対応を考える。こうして勝ち筋を見いだすのも道場主としての能力であった。

「では、そうよな。まずは淡路《あわじ》、お教えいただけ」

黒浜一宇が道場の羽目板《はめいた》際に並んでいた弟子のなかから、若い男を指名した。

「はっ」

呼ばれた弟子が一礼して立ちあがった。

「木刀でよろしいかの」

そこで黒浜一宇が入江無手斎に問うた。

「かまいませぬ」

入江無手斎が首を縦に振った。

「両者、中央へ」

黒浜一宇が、大きく空いた道場の真ん中へと促した。

「殺すなよ」

出かけた入江無手斎に木村暇庵が囁《ささや》くような小声で釘を刺した。

「弟子を潰すつもりはない」

入江無手斎が返した。

「ならば、始め」

二人が二間《けん》（約三・六メートル）で対峙《たいじ》したところで、黒浜一宇が試合開始の合図をした。

「おうりゃあ」

淡路がいきなり木刀を振りかぶって、入江無手斎に襲いかかった。

「切り紙《きがみ》というところか」

一目で淡路の実力を見抜いた入江無手斎が、自然体で下げていた木刀を振りあげた。

「……あっ」

「これはっ」

木刀を弾《はじ》き飛ばされた淡路が唖然《あぜん》とし、黒浜一宇が目を剝いた。

「手の締まりが緩《ゆる》い」

入江無手斎が半歩前に出て、木刀を淡路に突きつけた。

「……参りましてございまする」

淡路がうつむいた。

「見えたか」

「なにをしたんだ」

入江無手斎の動きを視認できなかった弟子たちが、騒ぎ出した。

「次、澤崎《さわざき》、行け」

「はっ」

上座に次ぐ位置に座っていた大柄な男が応じた。

「師範代が出るのか」

「やりすぎてしまうのではないか。師範代の一撃は強すぎるぞ」

弟子たちが顔を見合わせた。

「鎮《しず》まれ」

黒浜一宇が、落ちつかない弟子たちを抑えた。

「膂力《りょりょく》頼りか」

木刀を思いきり振り、空気を裂く音を立てて威圧してくる師範代澤崎を、入江無手斎が口のなかで嘲《あざけ》った。

「よいな。始め」

二人が向き合った瞬間、黒浜一宇が振りあげていた右手を下ろした。

「…………」

「ぐっ」

まさに一放流の奥義《おうぎ》「雷閃《らいせん》」であった。

入江無手斎が瞬息で間合いを踏みこえると、一撃で澤崎の肩を打ち据えた。

「よいかの」

勝ったからといって油断してはならない。入江無手斎が木刀を残心《ざんしん》に構えながら膝を突いた澤崎に降参を勧めた。

「ま、参った」

木刀を手から放して澤崎が、負けを認めた。

「……頼む」

入江無手斎が木村暇庵へ声をかけた。

「どれ」

木村暇庵が澤崎の肩を診た。

「折れてはないようだが、これはひびくらい入ってるな」

片肌を脱がせた木村暇庵が、荷物のなかから軟膏《なんこう》を取り出して塗り、きれいな晒《さら》しを巻きつけた。

「二十日ほどは稽古をせぬようにな」

注意を与えて、木村暇庵がもとの壁際へと下がった。

「さて、お次はどなたかの」

入江無手斎が黒浜一宇を見た。

「拙者《せっしゃ》がお相手いたそう」

黒浜一宇が、腰をあげた。

「ふむ」

その様子に入江無手斎が満足そうに木刀を握り直した。

「いざ、参られよ」

一応とはいえ、入江無手斎が教えを請《こ》う立場である。

「参る」

先に動くのが礼儀であった。

「なかなかだの。左右の均等が取れている」

木村暇庵が黒浜一宇の構えを見て感心した。

「…………」

本来、一放流は後《ご》の先《せん》を旨とする。

甲冑《かっちゅう》ごと武者を両断するとなれば、足下を固め全身の力を刀身に乗せなければならない。動くことで重心が揺れれば、その極意《ごくい》を放つだけの体勢は取れなかった。

だが、入江無手斎は待つことなくするすると足を運んで間合いを詰めた。

「むっ」

無造作《むぞうさ》に近づく入江無手斎に、黒浜一宇が腰を落とした。

「おうりゃあ」

速度を落とすことなく迫る入江無手斎に向けて、黒浜一宇が木刀を薙《な》いだ。

薙ぎは水平に木刀を振ることで、一定の間合いを支配できる。近づこうとする敵を牽制《けんせい》するには最適であった。

「悪手《あくしゅ》じゃ」

評を口にした入江無手斎が、木刀が目の前を過ぎた途端に踏みこんだ。

左から右へと薙いだ黒浜一宇の一撃は、間合いを制するための見せ太刀だとしてもそれなりの勢いが籠められている。それだけに行き過ぎてしまえば、引き戻すことが難しい。

そう、動きが大きいだけに隙もできやすい。

「薙ぎは、鍔迫《つばぜ》り合いに至る寸前くらいこそ、効果がある」

「なにっ」

瞬《まばた》きもできないほどの疾《はや》さで、踏みこまれた黒浜一宇が息を呑んだ。

「よいかの。これで」

「……お見事でござる」

まだやるかと問われた黒浜一宇が首を左右に振った。

「お教えかたじけなし」

一礼した入江無手斎が、木刀を置いて背を向けた。

「お待ちあれ。どうか当道場に逗留《とうりゅう》し、稽古をつけてはいただけぬか」

「流派が違うゆえな。お断りする」

黒浜一宇の願いを、入江無手斎が拒んだ。

「ただ、微塵流も一撃必殺の剣。なれば、牽制など不要でござろう」

「一撃にすべてを籠《こ》めよと」

「その気概こそ、極意であろう」

「たしかに」

言われた黒浜一宇が姿勢を正した。

「ありがとうござった」

「ではの」

入江無手斎が手を振った。

「ずいぶんと優しかったの。五人くらいはやると思っていたが」

道場を出たところで、木村暇庵が入江無手斎に尋ねた。

「出だしの道場が悪かったゆえな。そのつもりだったがな。師範代がやられてから、道場主が逃げなかったであろう。あれは、まだ剣術への想いが残っている証拠。まともな道場よ」

「……そうか」

「さて、次じゃ」

入江無手斎が新たな道場を探すと歩き出した。

「おぬしも同じではないか。剣術への想いがある。鬼には堕《お》ちきってておらぬ。まだ、人に戻れる……」

その背中に木村暇庵が、小さく呟いた。

三

名古屋城下に不穏な噂が立つのに、日にちは要らなかった。

「道場を潰して回っている者がいる」

「磯野《いその》道場では、全員が肩の骨を砕かれたらしい。まあ、それだけのことをしていたから、当然の報いよ」

「殺された者もいるらしい」

入江無手斎がしてのけたことであった。

「町奉行所はなにをしている」

それだけの被害が出ても、町奉行所は動かなかった。いや、動く理由がなかった。

もともと武道というのは、怪我をすることが前提であり、下手をすれば死ぬこともあるとわかっていて学ぶもの。

これが道端でのこととなるとただの傷害になるが、道場のなかだと武道の修練の一環になる。

「人を傷つけた罪で捕縛する」

道場のなかまで町奉行所が入りこめば、

「稽古が付けられぬ」

師匠が弟子を指導するために、竹刀《しない》などで身体を打つことも罪になる。

「いや、師匠は別扱いである」

指導のためならばいたしかたないと理由を付ければ、今度は弟子同士の稽古が問題になってしまう。

「好きでやっているのだ」

結果、町奉行所は道場のなかで怪我人が出ようが、死人が出ようが相手にしなくなった。

なにより、町道場から襲われて被害が出ました、犯人を捕まえてくださいという届けや願いが出ていなかった。

「こてんぱんに負けたらしい」

「よくそれで剣術を教えていますという顔ができることよ」

「自力で捕まえることもできぬとは。恥知らず」

道場は武芸を売りものにしている。その道場が司直に泣きつくなど、それこそ看板を下ろし、夜逃げしなければならなくなる。

「決して、他言《たごん》いたすでないぞ」

入江無手斎にやられた道場は、必死に隠そうとした。しかし、弟子のなかから、師匠を見限る者も出てくる。道場破りが来たときに、偶然道場の様子を覗《のぞ》いている者もいる。

噂は防げなかった。

「ご存じでございましょうや」

鞘蔵《さやぞう》が藤川義右衛門のもとへ噂を持ちこんできた。

「道場破りのことならばな」

忍は耳ざとくなければ生きていけない。藤川義右衛門はそれを怠《おこた》って、吉宗を侮ったために江戸から追放されたのであった。

「では、道場破りの名前が知れたことは」

「それがどうした。たかが道場破りなぞ、気にするほどのことではない」

尾張藩主徳川継友と繋《つな》がりができ、これから吉宗へ逆襲をかけてやろうと考えている藤川義右衛門にとって、道場破りはどうでもよかった。

「入江無手斎だとしても」

ぐっと鞘蔵の声が低くなった。

「……まことか」

「確認は取れておりませぬが、そう名乗っているそうでございまする」

表情を変えた藤川義右衛門に、鞘蔵が応じた。

「確かめろ」

「もし、そうであればどういたしましょう」

命じた藤川義右衛門に鞘蔵が事後の対応を訊いた。

「殺す」

藤川義右衛門が殺気を放った。

「無理でございまする」

その剣呑《けんのん》な雰囲気をものともせず、鞘蔵が首を左右に振った。

「どうして、そう考える」

藤川義右衛門が鞘蔵を怪訝《けげん》そうな目で見た。

「まさか、入江無手斎を怖れている、いや、勝てぬと考えておるのではなかろうな」

「勝てませぬ」

問い詰めるような藤川義右衛門に、鞘蔵が答えた。

「…………」

藤川義右衛門が険しい顔をした。

「一対一で、入江無手斎に勝てまするか」

「水城なら勝てるが、入江無手斎とあの従者には無理だな」

すんなりと藤川義右衛門が認めた。

「だが、それは一対一のこと。三人でかかれば、かならず勝てる」

藤川義右衛門が断言した。

「その三人が足りませぬ」

「むっ……」

言われた藤川義右衛門が詰まった。

藤川義右衛門が御広敷伊賀者から抜けたときは、十人以上の仲間というか、配下がいた。

御広敷伊賀者、小普請方伊賀者など江戸の忍に未来《ゆめ》がないと感じていた者、郷《さと》忍《しのび》としての任、聡四郎を殺すことができず帰る場所を失った者などが、藤川義右衛門のもとに集っていた。

だが、それも聡四郎と戦うことで二人欠け、三人欠けし、最初からの配下はもう鞘蔵一人に近い。

もちろん、補充はしてきた。

幕府伊賀者で家を継げない部屋住みに、境遇に不満のある郷忍、果ては甲賀者まで勧誘した。忍は泰平の世に不要、その価値はないも同然、まともに生活できない日々に疲れ果てた連中が新天地を求めて合流した。それによってあるていどの数は増えたが、紬を掠うという暴挙に出たことで、幕府を、吉宗を、聡四郎を激怒させ、江戸にいられなくなった。

「付いていけぬ」

そのときに少なくない配下の離反が起こった。

「いい生活をさせてやる」

藤川義右衛門の誘い文句が崩壊したことで、結束は破れた。

「江戸の闇を手に入れて、吉宗と五分の戦いをする」

そう嘯《うそぶ》いた藤川義右衛門は、江戸の顔役を次々に排除し、その縄張りを我がものにしていった。賭場《とば》に岡場所《おかばしょ》、みかじめ料などあらゆる金の稼ぎが藤川義右衛門の手のなかに入ってきた。

「これで生活をいたせ」

藤川義右衛門はその金を、縄張りを気前よく配下たちに分け与えてきた。

その金の出所を、藤川義右衛門は紬に手を出したことで失った。

「約束が違う」

すでに江戸で経験したことのない贅沢に浸った忍たちにしてみれば、また根無し草に戻るのは考えたくもないことである。

「分け前を……」

持ち出せた金を分配しろと要求し、その金を持って藤川義右衛門と袂《たもと》を分かった者がでたのも当然であった。

「持っていけ」

藤川義右衛門は金を惜しむことなく、決別を認めた。

だが、それは罠《わな》であった。

「知りすぎた者は殺しておかねば、どこで我らのことを漏らすやもわからぬ」

金を渡した後、藤川義右衛門は裏切った者たちを殺させた。

結果、藤川義右衛門たちのことを知る者はいなくなったが、配下の数も激減してしまった。

「御土居下組《おどいしたぐみ》はどうなっておりましょう」

鞘蔵が問うた。

名古屋へ来た当初藤川義右衛門は、伊賀者の流れである御土居下組同心を配下として組みこむと言っていた。

それを鞘蔵は持ち出した。

「使えぬ」

藤川義右衛門が一言で切って捨てた。

「話は……」

声はかけたのかと鞘蔵が伺った。

「一度足を運んだ」

「…………」

無言で鞘蔵が、その先を促した。

「組長屋と言うにはなかなか立派な住居の庭に踏みこんだが、誰一人気付かなかった。あれでは忍とは言えぬ」

「擬態《ぎたい》していたのでは」

気付かぬ振りで藤川義右衛門の様子を見ていたのではないかと、鞘蔵が述べた。

「吾が、それくらい見抜けぬと」

藤川義右衛門が鞘蔵をじろりと睨んだ。

「そうではございませぬ」

鞘蔵が首を横に振った。

「ただ漏れ聞いた話では、御土居下組同心は藩主公のいざに備えるというのが役目だとか。なれば……」

藤川義右衛門は無視されたのではないかと鞘蔵が口にした。

「なんだと」

「いえ……」

怒りを見せた藤川義右衛門に、鞘蔵が引いた。

「相手が気づいているかどうかなど、わかって当然であろう。たとえ無視するとしても、何かしらの反応は出る」

藤川義右衛門が続けた。

「もし、敵だったらどうする。藩主の逃走手段を潰すための刺客《しかく》であったら……それを確かめるまではどうすべきかは悩むだろう。悩めば動きになる。こちらの様子を探ろうとするはずだ」

「…………」

正論に鞘蔵が黙った。

「わかったな」

「それは重々理解いたしましたが……」

「まだなにかあると」

納得していない風の鞘蔵に藤川義右衛門が目を細くした。

「それでも、そのへんの無頼《ぶらい》や浪人よりは、使いものになるのではございませぬか」

猫の手も借りたい状況だろうと鞘蔵が進言した。

「むっ」

指摘された藤川義右衛門が詰まった。

「今さら説得をしているときはないぞ」

入江無手斎は今、名古屋にいる。

「あやつは獣のような男だ。伊賀の郷にいたこともあるという。明日、我らの居場所に現れるやもしれぬ」

藤川義右衛門が懸念を口にした。

「藩主公とお話しなされたのならば、そちらから命じていただければ……」

「ふむ。数合わせくらいにはなるな」

鞘蔵の提案に、藤川義右衛門が思案した。

御土居下組は御深井丸番《おふけまるばん》の下にあるが、これは形式だけで実態は藩主の直属になる。こうしないと上司を創って、その上司が裏切ったときに機能しなくなってしまうおそれがあるからであった。

「吾に従えと命じてもらえばよいか」

藤川義右衛門が顎《あご》に手を当てた。

「よし、権中納言にそうさせよう」

いればよ、決めれば即動く。これも忍の素養であった。決定してからあだこうだと考えていれば、機を逃すことになりかねないし、下手をすれば手遅れになる。

「お願いをいたしまする」

鞘蔵にとっても大きな話であった。これがうまくいかねば、一人とはいわないが少数で入江無手斎の相手をすることになりかねない。

「隠れ蓑《みの》くらいにはなるだろう。浪人でも雇って、入江無手斎を襲わせておけ」

「道場破りでやられた連中の復讐《ふくしゅう》に見せかければよいと」

待ちに入るなと釘を刺す藤川義右衛門に鞘蔵が確認した。

「ああ」

うなずいて藤川義右衛門が消えた。

「……金がない」

残った鞘蔵が頬をゆがめた。

江戸を離れるときに持ち出せた金はすでに底を突いている。すでに支配下に置いた名古屋の裏の縄張りもいくつかあるが、まだ日が浅くて十分な支えにはなっていなかった。

「十両や二十両では、雇えて十人。足留めにもできぬ」

鞘蔵は入江無手斎の実力を知っている。

「やるしかない……」

藤川義右衛門の指図なのだ。

拒否はもちろん、倦怠《けんたい》するのもまずかった。

「吾ら伊賀者を不要とした御上への意趣《いしゅ》返し、死ぬまでに贅沢を極めてみたいとの想い、その両方に突き動かされて付いてきたが……」

大きく鞘蔵がため息を吐いた。

「せめて死にどきだけは失わぬようにしたいものだ」

鞘蔵が肚を括《くく》った。


久しぶりに大宮玄馬を連れて、聡四郎は下城の途を取っていた。

「そろそろ暑くなるな」

「最近は季節の移ろいが早くなりました」

聡四郎の言葉に大宮玄馬が応じた。

「道場のほうはどうだ」

「おかげさまで、あとはこまごましたところを残すだけとなりましてございまする」

問われた大宮玄馬が頭を下げた。

水城屋敷からさほど遠くないところで見つけた空き家は、大々的に武芸道場として繁栄できるほど大きくはないが、弟子十人くらいならば同時に稽古できるくらいの広さはあった。また、思っていたよりもしっかりとした造りで、手入れもさほどしなくてすんだ。

「道場だけでなく、住居のほうもしっかりといたせよ」

「……かたじけのうございまする」

新居の話をされて、大宮玄馬が照れた。

「あの小さかった玄馬が、嫁をもらうか。吾も歳《とし》を取るはずだ」

入江道場へ入門したばかりの大宮玄馬を思いだして、聡四郎が感慨に耽《ふけ》った。

「歳を取るなど……」

その言いように大宮玄馬が苦笑しかけて、表情を引き締めた。

「殿」

「ああ。なにやら剣呑《けんのん》な感じがするな」

警告を発した大宮玄馬に、聡四郎がうなずいた。

「卒爾《そつじ》ながら……惣目付どのか」

林大学頭《はやしだいがくのかみ》の学堂を過ぎたところで、川縁《かわべり》の立木に背をもたせかけていた浪人らしい男が前へ立ち塞《ふさ》がった。

「この手の輩《やから》は同じことしか言わぬの」

「まことに」

聡四郎があきれ、大宮玄馬が同意した。

「人違いだ」

「嘘を吐くな。調べは付いている」

否定した聡四郎に浪人が怒った。

「ならば、訊く前にかかってこい。玄馬、後は任せる」

そのあたりの路地にでも潜んでいたのだろう、すでに後にも三人の姿があった。

「承知」

主従が駆けだした。

「なっ」

浪人が慌《あわ》てて太刀を抜いた。

「遅い」

すでに走り寄りながら抜いていた聡四郎が、太刀を上下に小さく振った。

「……えっ。刀が重い」

浪人が止まった。

「あああ、手が、手が」

聡四郎の一撃は浪人の右手首を断ち切っていた。

「このていどか」

構えを戻しながら、聡四郎が嘆息した。

「玄馬、一人でいい。生かせ」

「承知」

腕を抱えて座りこんでいる浪人を無視して、聡四郎は前に出た。

「おまえが首領《しゅりょう》か」

ゆっくりと現れた大柄な浪人に聡四郎が問いかけた。

「首領と言うほどではないな。たしかに集めたのは、拙者だが」

懐から手を出した大柄な浪人が淡々と答えた。

「誰に頼まれた」

「同門の弟弟子から言われてはの。先達として捨ててはおけまい」

大柄な浪人が刀の柄《つか》に右手を置いた。

「それにしても、おぬしの評判は悪いの。少し調べただけで、悪口が山のように聞こえてきたわ」

「重畳《ちょうじょう》なことだ」

「なんだとっ」

平然としている聡四郎に大柄な浪人が驚いた。

「惣目付は監察ぞ。監察が他人に好かれてどうする。嫌われてこそ、監察はその意義がある」

聡四郎が嗤った。

「剣もなかなかだが、肚も据わっている。これは少し安請け合いしたようだ」

それを見た大柄な浪人の表情が変わった。

「では……」

「寝ているのか」

声をかけて太刀を抜こうとした大柄な浪人に向けて、聡四郎が斬りかかった。

「わっ」

大柄な浪人が焦った。

「こいつっ。卑怯《ひきょう》な」

かろうじて抜き合わせた大柄な浪人が顔色を青くした。

「抵抗できぬ相手を斬ったことはあっても、真剣の戦いは経験していないようだな。命がけの戦いに卑怯も正々堂々もあるか。あるのは、勝つか負けるか。生きるか殺されるかだけよ。覚悟がないにもほどがある」

聡四郎が嘲《あざけ》った。

「ま、待て」

受けに回った大柄な浪人が、上から太刀で押さえつけてくる聡四郎に慌てた。

「話す。誰に頼まれたか話す」

大柄な浪人が命乞いをした。

「もう要らぬ。わかったゆえな。それに他人の耳があるところで口に出されては面倒じゃ」

「なっ」

「世にはいろいろとある。それが侍というものだ」

ぐっと聡四郎が力を乗せた。

一放流は力の剣である。聡四郎の膂力《りょりょく》は、並大抵ではなかった。そこに浪人と変わらぬ大兵《だいひょう》の聡四郎が体重を加える。なにより、太刀の造りが違った。厚重ねの聡四郎の太刀は、手入れの悪い大柄な浪人の刀へと食いこんでいった。

「わっ、わっ」

大柄な浪人が泣きそうな顔になった。

「他人を殺そうとしたのだ。返り討ちに遭っても当然の報いぞ」

聡四郎の太刀がついに浪人の刀を折った。

「……あっ」

その勢いのまま頭を割られた大柄な浪人の目がひっくり返った。

「…………」

「殿。お見事でございまする」

すでに三人の敵を片付けて、見ていた大宮玄馬が紅潮しながら称賛した。

「褒《ほ》められたものではないぞ。師匠なら最初の一撃で両断なされていただろう」

聡四郎が苦笑した。

「こやつらはいかがなさいまする」

大宮玄馬が生かして捕らえた二人の浪人の処遇を尋ねた。

「とりあえず、大番屋に預けよう。我らに捕縛した者を捕らえておく場所もないし、いろいろ訊き出すだけの経験もない」

「後ろにおる者はおわかりになったのでございましょう。ならば、不要では」

大宮玄馬が手間だと言った。

「余罪があるだろう。死なせれば、それがわからなくなる。町奉行所の者が困ろう。それに、こやつらが証《あかし》になる。我らが斬りかかったのではなく、襲われたから対処しただけだとの」

「目付どもでございますか」

大宮玄馬が嫌そうな顔をした。

「敵だからな。足をすくわれることがないようにせねばならぬ。問題ないとわかってはいるが、いろいろと手間を取らされるのは、面倒だ」

聡四郎が首を左右に振った。

第三章　分家の罪

一

将軍の権力はもっと大きいはずであった。

徳川幕府初代将軍家康は、多くの大名を鉢植えのように動かし、逆らう者は一族であっても、果断《かだん》に処した。

二代将軍秀忠は慎重ではあったが、幕府の基礎を十分に固めた。その秀忠は家康の作った幕府という堤防を高くしつつ、一つの穴を空《あ》けてしまった。

後継者の問題である。嫡男の家光ではなく、三男の忠長に三代将軍を譲ろうとした。これは秩序の破壊であった。たしかに殺し合う戦国時代ならば、出来の悪い嫡男ではなく優秀な次男、三男に当主の座を譲るというのは当然であった。こうしないと家が生き延びられないからであり、周囲も受け入れた。

しかし、すでに乱世は終わり、泰平という秩序の世が始まった。しかも、それを成し遂げたのは家康なのだ。

親としての好き嫌いではなく、秀忠は将軍として秩序を重んじるべきだった。なんとか存命であった家康が介入し、秀忠の愚行は止められた。

とはいえ、二代将軍がしようとしたという記録は残った。

続いて三代将軍家光もしくじった。己の性癖が男色であったことはいい。男同士であれ、女同士であれ、閨《ねや》のなかだけで完結していれば問題はなかった。いや、将軍には後継者を産ませるという義務があるため、家光の性癖は困ったものであったのは確かである。

だが、家光はここでしくじった。閨のなかでの想いをそのまま政に移植してしまった。そう、男色の相手を家光は引きあげ、大きく立身させてしまった。これは、家柄、譜代、能力をこえて、将軍の寵愛が勝るという前例を作った。以降、地道に努力するよりも、将軍に気に入られようとする者が増えた。

四代将軍家綱《いえつな》はそれ以上だった。政に興味を持たず、執政にすべてを任せた。こうして、執政が将軍よりも力を発揮できることになった。

五代将軍綱吉は言うまでもない。まじめに政をしていたが、やがて宗教に頼るようになり、寵愛の家臣や僧侶に権力を与えてしまい、幕政を混乱させた。

六代将軍家宣は、綱吉の後始末だけで終わった、不幸な人物ではあったが、家宣もまた失策を犯した。まともに字も読めない息子家継を七代将軍とした。政などわかるはずもない幼君となれば、いつの時代も同じ弊害《へいがい》が出る。側近が幼君の名前を使って、好き放題する。ようやく家宣の努力で立ち直りかけた幕政は、ここで頓挫《とんざ》してしまった。

「尻拭《しりぬぐ》い……」

結果、八代将軍となった吉宗に、これら負債のすべてがのしかかった。

幕府はまさに鎌倉《かまくら》、室町《むろまち》の後を追いつつあった。

将軍を傀儡《くぐつ》とし、執権がすべてを握った鎌倉幕府、財政が破綻《はたん》したため、大名たちを抑えるだけの軍備を持てず、世を戦国に落とした室町幕府。

徳川幕府はその両方の危機を内側に孕《はら》んでいた。

「なんとかせねば、ふたたび世が乱れる。徳川の血に価値がなくなってしまう」

吉宗は焦燥《しょうそう》感に駆られていた。

とはいえ、幕府を腐らせる二つの要因、執政の権力、財政の悪化をどうにかするのは容易ではなかった。

「徒労感《とろう》に襲われるわ」

「公方さまがそのようなことでは、我らが困惑いたしますぞ」

加納遠江守と同役の御側御用取次有馬兵庫頭氏倫《ありまひょうごのかみうじのり》が、ため息を吐く吉宗を叱咤した。

有馬兵庫頭は、吉宗が紀州藩主だったころから側近として仕えた。吉宗が将軍になるのに伴って江戸へ移り、一千三百石の旗本として御側御用取次に任じられた。その後加増を受け、二千三百石になっている。加納遠江守と並んで、吉宗の側近中の側近の一人であった。

「わかっておる。わかっておるがな」

吉宗が苦い顔をした。

「帰途襲撃に遭いましてございまする」

聡四郎から報告があった。

「襲い来た者を問いただしましたところ、阪崎左兵衛尉に金で雇われたと申しましてございまする」

惣目付を襲った裏に、もと目付がいたというのである。

「公方が出した決断に異を唱えるならまだしも、己の命もかけず、水城を害そうなどと企むのは言語道断《ごんごどうだん》」

吉宗は激怒していた。不満があるならば、目安箱《めやす》を使うなりして吉宗に改善を求めるべきである。あるいは自らの身を使って、堂々と水城聡四郎に挑めばいい。それさえできず、そのへんの無頼に金を渡して、襲わせる。卑怯《ひきよう》未練《みれん》なだけではなく、己が正しいという確《かく》たる思いがない証拠であった。

「これが神君《しんくん》家康さまの決断ならば、皆従っていただろう」

一度吉宗が言葉を切った。

「つまり、躬はまだ舐《な》められているということだ」

吉宗が吐き捨てるように言った。

「……………」

有馬兵庫頭が黙った。

同じく紀州からの側近であるが、加納遠江守と有馬兵庫頭は大きく性格が違っていた。

どのような事態になっても落ち着いて対処できる加納遠江守と、吉宗への情が表に出やすい有馬兵庫頭、どちらも得がたい人物ではあり、その差をわかっていて吉宗は使いこなしていた。

「相変わらず、嘘のつけぬ奴よ」

吉宗が苦笑した。

「このままでは、改革は失敗する。なんとしても皆を従わせなければならぬ」

「いかがなさいまするか」

有馬兵庫頭が手段を訊いた。

「将軍としての権威、躬が決意の重さを一層見せつけてくれようぞ。その前に阪崎左兵衛尉を咎めねばならぬ。本人が表ではなく裏を望むならば……」

吉宗が決意を表した。


「どうなっている」

阪崎左兵衛尉は屋敷で困惑していた。金で雇った浪人に聡四郎を襲わせたが、うまくことは運ばなかった。

「うまくいったゆえ、後金《あときん》をもらおうか」

成功していたならば、かならず浪人は金を取りに来る。飢え死にするより、罪を犯してでも生き延びたいと考えている連中なのだ。しくじっていてもそれを隠し、偽りを口にしてでも金を取ろうとする。寺子屋の師匠、剣道場の代稽古、商店などの用心棒といった正業に就いている一部の浪人以外は、まさに屑《くず》である。江戸城下の火事場見廻《みまわ》りなどをする関係で、目付は江戸の闇を知っていた。

「前金だけを受け取って逃げたのではございませぬか。下手に顔を出して始末されるよりは半金だけでもいいと」

世慣れている用人が言った。

「後金など要らぬと……ありえぬ。浪人どもは金に執着《しゅうちゃく》する」

闇を知っているといったところで高級旗本、その深さも広さもわかっていない。ただ、金のためならなんでもするという連中が江戸にはいるということを知っているだけという浅いものでしかなかった。

「ですが、惣目付さまはご無事でございましょう」

惣目付が江戸で殺された、そこまででなくとも怪我をしたとなれば、大きな騒ぎになる。いくら閉門中で、外との付き合いを遠慮していても、食料や薪炭《しんたん》を売りに来る商人から話は入ってくる。

「誰でもいい。目付へ問い合わせてみよ」

阪崎左兵衛尉が、用人に情報を確かめろと命じた。

「閉門中でございまする」

用人が首を左右に振った。

「余が出歩くわけではない。問題にはならぬ」

「お相手に迷惑がかかりまする」

咎人と遣り取りする目付というのは、まずい。もし、それが公になれば、相手の目付も終わった。

「かまわぬ。目付は、惣目付を排除すると一丸になっていた。皆、余のことに想いを寄せてくれているはずだ」

「…………」

主の甘さに用人が黙った。

「あと、探索の者を出せ」

「探索でございまするか」

用人が怪訝《けげん》な顔をした。

目付であったときは、旗本や大名の非違《ひい》を見つけるために家臣たちを派遣したことはあったが、今は小普請組《こぶしんぐみ》で、そのうえ閉門中。とても探索するような用件があるとは思えなかった。

「目付から城中の話を聞くだけでは、足りぬであろう。浪人どもが惣目付を襲ったならば、その痕跡くらいあるだろう。見ていた者もおろうし、騒ぎの音を聞いた者もいるはずじゃ」

「どこを探れば……」

浪人がどこで聡四郎を襲ったかわからないのだ。まさか、江戸中を尋ね歩くわけにもいかなかった。

「ええい、情けないことよな。水城の屋敷を調べよ。そこからの登下城の経路を探れば、なにかわかるはずだ」

苛立《いらだ》ちながら、阪崎左兵衛尉が指示を出した。

「では、手配を」

閉門中でも裏門や脇門からの出入りは黙認されている。家臣が他人目《ひとめ》をはばかるようにしていれば、見張っている小人《こびと》目付なども知らぬ顔をしてくれる。

「急げ」

阪崎左兵衛尉が用人を急《せ》かした。

襲われるなど日常茶飯事とまでいわなくとも、何度も経験している聡四郎と大宮玄馬である。登城も下城も同じ経路を使い続けていた。

「では、夕刻にお迎えにあがりまする」

大宮玄馬が大手前広場で聡四郎を見送った。

「うむ。行って参る」

何度も繰り返された遣り取りを二人は平然と繰り返した。

「惣目付どの、ご通過」

大手門の内側で警固に当たっている甲賀者が、待機している大番組《おおばんぐみ》の者へと声をかける。将軍の居城としての格式があるため膝を突いたりはしないが、吉宗の寵臣が通過したことを報《しら》せるためであった。

「ずいぶんと怖れられたものだ」

その声を聞いた大名や役人が聡四郎のほうを見まいと目をそらした。

「まあ、監察は嫌われていくらだからの」

聡四郎が小さく頬をゆがめた。

惣目付になってから、聡四郎は遠慮会釈《えしゃく》なく権と剣を振るってきた。抜刀を禁じられている江戸城中で黒鍬者《くろくわもの》を斬ったこともある。

「躬に危難が迫ったときも決まりだからといって刀を抜かぬなど、旗本の意味があるか」

非難する者もいたが、それは吉宗によって論破された。

「虎の威を借る狐《きつね》め」

「妻のおかげで引きあげられた」

「小身者《しょうしんもの》でありながら、なりあがって増長しておる」

陰口をたたかれることにも慣れた。

「公方さまがいなくなれば、ただちに没落する」

未来を思って嘲笑する者もいる。

「当たり前じゃ。公方さま以外にお仕えする気などないわ」

聡四郎は吉宗にこき使われているが、嫌ってはいなかった。いや、それどころか恩を感じていた。

紅を養女としてくれたことで聡四郎との婚姻は誰の反対にもあわなかったし、加増をしてもらえたおかげで大宮玄馬を家士として抱えることができている。

そのどちらも個人としての恩である。

「面倒ばかりをお命じになるが……」

中之口《なかのくち》から城中へ上がりながら、聡四郎は苦笑した。

聡四郎は惣目付という役目の持つ力の大きさを怖れていた。

今までの勘定吟味役は、金の動きだけを気にしていればよかった。というか、わけがわからないうちに流されて終わった。

御広敷用人は将軍の女を差配するという難職ではあったが、大奥だけを見ていればすんだ。

道中奉行副役は、天下の人とものの流れというややこしいものを相手取らなければならなかったが、城下町とか陣屋は対象外であった。

だが、惣目付はそれらを含めて、天下のすべてを監察する。大名であろうが、旗本であろうが、役人であろうが、公家であろうが、寺社であろうが、惣目付は手を出すことができる。

「主上《しゅじょう》さまと公方さまだけが別」

言わずとも知れたことだが、惣目付の権は与えられたものに過ぎない。当然与えてくれた相手には無効であった。

「免じる」

この一言で、権を剝奪《はくだつ》できるからだ。

惣目付を任じるのは将軍、そして将軍を任じるのは天皇。

「どこまでさせるおつもりか」

聡四郎は吉宗の考えの底を見ることができなかった。

「……水城どの」

城中を奥へ向かっていた聡四郎の頭上から声がした。

「どうぞ、そのままお進みを」

声が聡四郎に普段通りの対応を求めた。

「川村《かわむら》どのか」

聡四郎は声に覚えがあった。

吉宗が紀州藩主だったときの側近の一人、玉込《たまこ》め役《やく》川村仁右衛門《じんえもん》は、聡四郎とも縁が深かった。一時は聡四郎を吉宗に近づけまいとして、敵対したこともあった。

「その左側、空き座敷でござる。そちらで」

話は他人目《ひとめ》のないところでと声が述べた。

「…………」

無言で聡四郎は空き座敷へと入った。

「お呼び立てをいたしました」

なかでは川村仁右衛門が膝を突いて待っていた。

「いや、それはかまわぬ」

かつてとは互いの立場が違っている。川村仁右衛門は御庭之者《おにわのもの》という微禄の旗本、かたや聡四郎は諸大夫《しょだいぶ》、従五位下《じゅごいのげ》とはいえ右衛門大尉《うえもんだいじょう》という受領《ずりょう》名を持つ高位の旗本と、差が開いていた。

「あまりときもございませぬので」

無駄話はしないと川村仁右衛門が本題に入った。

「うむ。前置きは不要」

聡四郎も同意した。

「藤川義右衛門のことでござる」

「それはっ」

仇敵《きゅうてき》の名前に聡四郎が身を乗り出した。

「名古屋におることが判明 仕《つかまつ》りましてござる」

「…………」

淡々と告げる川村仁右衛門に、聡四郎は無言になった。

「以上でござれば、これにて」

用はすんだと川村仁右衛門が、さっと立ち去っていった。

「…………」

しばらく聡四郎は瞑目《めいもく》していた。

「そうか、名古屋にいたか」

少しして聡四郎が呟《つぶや》くように言った。

「そうか」

もう一度独りごちながら、聡四郎は腰をあげた。

二

部屋を出た聡四郎は、まず控えとなっている梅の間へと顔を出した。

「……いかがなさいました。お顔の色が優れないようでございまするが」

勘定吟味役だったころからの配下である太田彦左衛門が、聡四郎の様子がただならぬものだと感じ取った。

「お目通りをいたして参る」

荷物を置いた聡四郎は、太田彦左衛門の質問に応じることなく、梅の間を出た。

御休息の間のさらに奥にある梅の間を使う者は、惣目付にかかわりのある者だけであり、聡四郎の行く手に人影はなかった。

「右衛門大尉どの、お目通りか」

当番の御側御用取次加納遠江守が、聡四郎に気付いた。

「叶いましょうや」

「貴殿には、いつなりとても、たとえ大奥であっても、お目通り自在のお許しが出てござる」

加納遠江守が聡四郎の前に立った。

「一応ながら、御側御用取次の役目をさせていただこう」

御側御用取次は吉宗が新設したもので、将軍へ目通りを願う者はすべて、それが老中であろうとも、御三家であろうとも、対応する。

「そのようなことで、公方さまのお手を煩《わずら》わすことはできませぬ」

場合によっては、目通りを拒むこともできた。

「かたじけなし」

緊張したままで聡四郎は、加納遠江守の案内に従った。

「公方さま、惣目付水城右衛門大尉、お目通りを願っておりまする」

御休息の間次の間へ入った加納遠江守が膝を突いて言上《ごんじょう》した。

「…………」

聡四郎もその後ろで正座して、頭を垂れた。

「ふむ。いつなりとてもよいと申したであろう。右衛門大尉、近う」

吉宗が見ていた書付を置き、しっかりと話を聞くという姿勢を見せた。

「御前、御免そうらえ」

今一度、深く腰を曲げてから、聡四郎は御休息の間上段の間へと足を踏み入れた。

吉宗は遅滞《ちたい》や無駄な形式を嫌う。通常の礼でいけば、将軍に近くへ来いと言われても、ご威光がまぶしくて近づけませぬという体《てい》を三度見せなければならないが、吉宗はその無駄を廃止しようとしている。

それを知っている聡四郎は、そのまま上段の間と吉宗のいる上座との境近くまで進んだ。

「右衛門大尉。膝行《しっこう》せよ。御前ぞ」

遠慮ない態度に、小姓番頭が思わず口を出した。

「よい。膝行など袴《はかま》と畳が傷むだけだ」

吉宗が小姓番頭を宥《なだ》めた。

「…………」

袴と畳の損耗《そんもう》を将軍が言ったことに、小姓番頭が絶句した。

「畏れ入りまするが、他人《ひと》払いを願いまする」

座り直した聡四郎が、吉宗に願った。

「一同、遠慮いたせ」

仔細《しさい》を聞くことなく、吉宗が命じた。

「はっ」

「承知いたしましてございまする」

吉宗の短気を側近くに仕える者たちは知っている。なにせ将軍就任直後に、やはり聡四郎と密談をするために他人払いを指示した吉宗に、口答えした小姓番頭が罷《ひ》免《めん》されているのだ。

ようやく得た将軍近くという名誉と立身の可能性のある小姓番や小納戸番という地位を棒に振りたくはない。御休息の間にいた者たちは、太刀持ちの小姓まで足早に出ていった。

「上もお願いいたしたく」

皆がいなくなってから、さらに聡四郎が要求した。

「…………」

陰警固《かげけいご》の御庭之者《おにわのもの》まで外させろと言う聡四郎に、吉宗が目つきを厳しいものにした。

「……下がれ」

少し間を開けて吉宗が天井裏を見た。

「…………」

天井裏に控えていた御庭之者が、わざとかすかな音を立てて動いた。そうしないと、外したのか、そのまま居座っているのかが、常人には判断できないからであった。

「……これでよいな」

吉宗が低い声で聡四郎に問うた。

「ご無礼を申しました」

聡四郎が平伏した。

「申せ」

「公方さまは藤川義右衛門の居所をご承知でございましょうや」

急かされた聡四郎が、主題を口にした。

「藤川義右衛門……あの不埒《ふらち》な伊賀者であるな。江戸を逃げ出したとは承知しておるが、今どこにおるかは知らぬ」

吉宗が首を横に振った。

「さきほど……」

聡四郎が川村仁右衛門との話を語った。

「川村が……そのようなことを」

一層、吉宗の表情が険しいものになった。

「それで庭之者を外させたか」

吉宗が他人払いのことに納得した。

「まあ、川村のことは後じゃ」

吉宗が切り替えた。

「で、そなたはどうする。名古屋へ行くか」

「いえ」

問われた聡四郎が否定した。

「ほう、どうしてだ。あの藤川義右衛門だぞ。そなたの妻に辛い思いをさせ、娘を掠《さら》った敵の」

「腹立たしい、この手で首を刎《は》ねてやりたいという思いはございまする。ですが、今、江戸を離れるわけには参りませぬ」

「なぜ、江戸を離れられぬ」

「目付、大奥がまだ従っておりませぬ」

吉宗の質問に聡四郎は首を横に振りながら答えた。

「そなたが痛撃を与えたろう」

「わたくしごときを、誰も怖れはいたしませぬ。皆、わたくしの後ろに公方さまのお姿を見ておるのでございまする」

理由を促した吉宗に聡四郎が述べた。

「そして、なぜ公方さまが表に出られず、惣目付という役職を作り、実務を執《と》らせているのか。それにも気付いておりまする」

聡四郎が背筋を伸ばした。

「躬が改革に囚《とら》われておるからだな」

「…………」

確認した吉宗に、聡四郎は無言で肯定を示した。

「そなたがいなくなれば、躬の目が届かぬと見ておるか。浅慮《せんりょ》な輩どもじゃ」

吉宗が鼻先で嗤った。

「わたくしめがどのような形であろうとも江戸を離れるのは、あやつらに反撃の準備を許すことになりまする」

「大奥になにができる」

告げた聡四郎に吉宗が訊いた。

大奥は将軍吉宗へ最初に牙を剝いた。

「見目麗《みめうるわ》しき者を追い出せ。容貌に優れているならば、大奥でなくとも生きていけよう」

後宮《こうきゅう》三千人ではないが、大奥にも千人からの女がいた。しかも一つではなく、六代将軍家宣の正室だった天英院、七代将軍家継の生母月光院《げっこういん》の二人を頂点とする派閥に割れていた。

異性がいないことでの欲求不満、地位に差のない好敵手。この条件下で女たちがおとなしくしているはずもなく、

「ふん、汚らしい衣じゃの。それぐらいしか購《あがな》えぬとは哀れ」

「金に糸目を付けぬだけで、なんともまあ品のない」

派閥違いの女たちのなかで争いが起こる。もちろん、女の争いである。刀や槍を使うものではなく、衣装や簪《かんざし》、櫛《くし》などの小間物を競う。

それを花見だ、月見だ、雪見だ、節句だとなにかあるたびにやるのだ。いくら金があっても足りることはない。

「改革はまず、女からだ」

吉宗は大奥へ倹約の鉈《なた》を振るった。その始まりは人員を整理することであった。

その後も吉宗はことあるごとに、大奥へ倹約を押しつけた。

贅沢に慣れた者は、質素に耐えられない。

「紀州の田舎から出てきたゆえ、江戸がわかっておらぬ」

「すでに武ではなく、雅《みやび》で競う世だというに」

当然大奥は反発する。

「女を差配してみせよ」

天下を変えようという吉宗である。大奥ばかりにかまってはいられない。そこで、吉宗は大奥を支配する御広敷用人という役を設け、勘定吟味役を退いて無役となっていた聡四郎をそこへあてがった。

やらねばならぬとなれば、殿中で刀を抜くことも辞さない聡四郎の迫力に、大奥は次第に抵抗力を失っていき、ついに月光院が大奥から出て吹上御殿で隠居するに至った。

「大奥が一つになろうとしておりまする」

吉宗の疑問に聡四郎が返した。

「天英院か」

「はい」

月光院がいなくなったことで、大奥は天英院の支配を受けつつあった。

「ならば、天英院も大奥から離せばいい」

「それは難しゅうございまする」

あっさりといった吉宗に聡四郎が驚いた。

月光院はまだ吉宗に敵対していた。その結果、大奥を追い出された。誰がなにを言おうが、吉宗が将軍であり江戸城の主なのだ。その意に逆らうことは報復を受けても文句は言えなかった。

「咎めなど不要よ。天英院は名前よりも実《じつ》を取る」

吉宗が胸を張った。

「実を……」

その意味がわからない聡四郎が首をかしげた。

「金だ。大奥以上の生活ができるだけの金をくれてやればいい」

簡単なことだと吉宗が言った。

「反しておられるのではございませぬか」

倹約という吉宗の理念に、ふさわしくないのではと聡四郎が疑問を呈した。

「天英院がいなくなれば、大奥は今度こそ支柱を失う。天英院、月光院がどういったものであれ、大奥を守ってきたのは確かだ。その両方の柱がなくなれば、大奥など容易に改革できよう」

「なるほど」

抵抗されるから改革は進まない。抵抗する力を失えば、大奥は吉宗の指図を受け入れるしかなくなる。

「いいか、倹約というのは金を遣わぬことではない。無駄金をなくすことこそ、真の倹約である。金というものは、要るところには要るものだ」

「はっ」

吉宗から諭されて聡四郎が一礼した。

「目付もそうじゃ。惣目付が留守ならば、目付が動くしかないと考えていろいろと蠢《うごめ》くだろうが、なにをしようとも最後は躬の決になるのだ。どれだけ目付が騒ごうとも、躬がうなずかねば、馬鹿が踊っただけ」

「…………」

噛う吉宗に聡四郎が啞然《あぜん》とした。

「で、どうする。名古屋へ行くか」

聡四郎の枷《かせ》を外した吉宗が、再度訊いた。

「……いえ」

もう一度聡四郎は首を横に振った。

「わけを申せ」

強い口調で吉宗が偽りは許さぬと命じた。

「御役というのもございまするが、藤川はかならず江戸へ戻って参りましょう。あやつへの腹立ちは、そのおりにでも存分にぶつけてくれようと思いまする」

「……名古屋が不穏だというのは知っておるな」

吉宗が確認してきた。

「存じておりまする。新しく当主となられた権中納言さまが、なにかと不満を募らせておられるとか」

聡四郎は徒目付《かちめつけ》のほとんどを手中に収めている。おかげでいろいろな話が集まってきていた。

「監察せぬと」

低い声で吉宗が回答を求めた。

「不満を口にされているだけ、それも名古屋城のなかででございまする。監察したところで、どうにもできませぬ。できたところで、注意を促すていど」

「それでも効果はあるだろう」

吉宗が効果はあるはずだと話した。

「いいえ。かえって根深くするだけかと」

聡四郎が否定した。

「肚のうちに沈める……か」

「噂で聞いたところによりまするを、権中納言さまは軽薄な質《たち》だとか」

「先代が死したと知って、宴を開いたそうだな」

吉宗もうなずいた。

「…………」

黙って聡四郎は吉宗を見つめた。

「……ふふふ」

しばらく聡四郎を見つめ返していた吉宗が笑った。

「変わったの。そなたも」

「おかげさまをもちまして」

吉宗の言葉に聡四郎が頭を垂れた。

「躬に皮肉を返せるほどになったとはの。愉快である」

手を叩いて吉宗が喜んだ。

「まずはめでたい。だが……」

すっと吉宗が笑いを消した。

「川村がなぜ躬ではなく、そなたに話を伝えたか」

「公方さまの御指示ではないことをなさるお方でございました」

不審がる吉宗に、聡四郎が思い出した。

「手出しをするなと釘を刺したというに、そなたを襲ったことだな」

吉宗も思い当たった。

「勘定吟味役のころでございました」

「かなり前だが……あやつはいつも躬によいようにと考えて動く。それが躬の意に反していようと、あやつが正しいと思えば勝手をする」

変わっていないと吉宗が苦い顔をした。

「下がれ」

吉宗が不意に目通りを打ち切った。

「はっ」

将軍がそう言えば、そこまでであった。

平伏をして聡四郎は、御休息の間を後にした。

「……川村め。聡四郎を道具として使おうとしたな。名古屋の動きをあぶり出すためだろうが……紀州藩主であったころとは立場が違う。躬も聡四郎も、そして馬場も。躬の手足を名古屋で浪費させるなど論外じゃ。その変化が受け入れられぬ者は……不要」

氷のような目つきで、吉宗が宙を睨んだ。

三

阪崎左兵衛尉の用人は、自ら足を運んでいた。

「争闘があったならば、すぐにわかるはずだ」

甘い考えもあったが、なにより阪崎家には金がなかった。

「ご勝手をなさってくださった」

用人からしてみれば、金を浪人に渡すなど論外であった。

「これから金が要るというに」

目付は名誉ある役目だが、余得がなかった。余得どころか、身ぎれいにするのが義務とされているため、任じられると同時に親戚、友人などとの付き合いを断つ。

これは清々《すがすが》しい行動ととられるが、家の財政を預かる用人にとってはたまったものではなかった。

「次の切米《きりまい》支給でお返しするゆえ、なんとかご用立て願えぬだろうか」

どうしても現金が足りないとき、旗本は禄や扶持米《ふちまい》を形《かた》に借金を頼む。

商家だと利子が付くが、親戚だとそのままですんだ。

阪崎家もそういった貸し借りを毎回というわけではないが、おこなっていた。

これが縁切りでできなくなった。

なんとか質素倹約に努め、そのような状態に陥ることは防げているが、財政はまさにぎりぎりで、とても余剰な金など一朱《しゅ》もない状況であった。

さらに今回は咎めを受けての小普請入りである。まず当代の間は役目に復帰することはできなかった。つまり、家禄が増える、手当がもらえるといった財政を好転させる事象は起こらないのだ。

まちがいなく、今後はさらに厳しくなる。

「目付ではなくなりましたので……」

復縁を求めたところで、将軍吉宗を怒らせている。

「つきあいはご遠慮願おう」

「今後は門を潜ってくれるな」

親戚たちが今度は絶縁を突きつけてくる。

「金が、金が」

口のなかで呟きながら、用人が神田川《かんだがわ》沿いを歩くが、そんな態度でなにか見つかるわけなどなかった。

「闘争の跡というのは、どのようなものか」

武士が戦いから離れて百年、さすがに戦場を駆けた古老《ころう》もいない。戦話《いくさばなし》という形での伝承さえ途切れているのだ。争いの跡、血痕、踏み荒らされた地面、余波で傷ついた樹木、そういったものの見方など、誰も知らなくなっている。

ただただ用人は、目を下に向けて歩くだけであった。

「埒があかぬ」

一刻《いっとき》（約二時間）ほどそうしていた用人が嘆息した。

「下を向いてばかりで、肩が凝ったわ」

用人が拳で肩を叩いた。

「やはり前金だけで浪人が逃げたと考えるべきか」

首を回しながら、用人が呟いた。

「ここは本郷……となると沢田《さわだ》さまのお屋敷が近いはず」

本郷には百万石の加賀《かが》藩の巨大な藩邸もあるが、数百石から千石内外といった中級旗本の屋敷も多かった。

「お話を伺いに行くにしても……手土産さえない」

知り合いの旗本の屋敷を当主なり、用人が頼みごとで訪れるときは、手土産を持っていくのが常識であった。

といったところで、役目に推薦してもらうとか、家柄のいいところから嫁を取りたいとかではないので、白絹《しらぎぬ》五反《たん》とか、大判一枚とか、酒樽三つとかいうほど豪勢でなくてもよかった。

それこそ挨拶代わりなので、少し上等な紙の束とか、名のある店の菓子などで十分である。もちろん、親しい仲なれば手ぶらで訪れても問題はなかったが、今回は状況が違った。

咎めを受けて閉門中の旗本、いわば罪人の家臣がもとの同僚のもとへ城中での様子を聞きに訪れる。これが無役の相手ならばまだしも、監察を任とする目付なのだ。

「突き返されるのはわかっている」

目付は決してものを受け取らなかった。

土産を持っていっても「不要」と一顧《いっこ》だにされない。それはわかっているが、さすがに体裁というか、申しわけなさというか、気遣いをしていますという姿を見せなければならなかった。

「ええい、どうせもう恥を上塗りしても、かまうまい」

すでに阪崎家の名前は地に堕ちた。

正室の実家からは娘とその産んだ子を引き渡せという要求もきている。取り潰されてからよりも、離縁という形で早めに引き取ったほうが、娘の再嫁や孫の将来がましになるからであった。

用人が開き直った。

「御免を」

足早に目付沢田家に向かった用人が、門脇の潜り門を叩いた。

「なんじゃ」

待つほどもなく、潜り門に設けられている覗き窓が開いて、目だけ出した門番が誰何《すいか》してきた。

「阪崎家の用人、山川《やまかわ》と申しまする。主《あるじ》さまにお目にかかりたく」

用人が名乗りと用件を口にした。

「しばし待たれよ」

旗本の用人と名乗ったことで門番の対応が少していねいになった。

「…………」

すでに夕七つ（午後四時ごろ）を過ぎている。規律を守ること四角四面《しかくしめん》の目付である。宿直《とのい》番でなければ、下城しているはずであった。

「阪崎と言われたか、もと目付の」

しばらくして戻ってきた門番が、ふたたび覗き窓から対応した。

「いかにも」

用人が認めた。

「見逃してくれるゆえ、去れとの仰せじゃ」

「そこをなんとかお願いいたしまする」

冷たい拒絶に用人がすがった。

「去らねば、追訴《ついそ》すると」

「……さようでございますか」

門番の返事は厳しいものであった。

「ご無理をお願いいいたしました」

肩を落とした用人が背を向けた。

「惣目付が襲われたが、すべてを撃退し、無事だそうだ」

その背中に門番が声を投げた。

「…………」

無言で用人が頭を下げた。


痕跡なし、惣目付は無事という話を用人から受けた阪崎左兵衛尉が唖然とした。

「五人だぞ」

阪崎左兵衛尉が首を左右に振った。

「たしかに大奥で黒鍬者《くろくわもの》を数人斃《たお》したとは聞いていたが……黒鍬など小者、たいした手間でもあるまいと思っていたが……」

「城中でその話が拡がっておることがまずうございまする。惣目付さまを誰かが襲った。当然、その誰かが問題になりまする」

用人が阪崎左兵衛尉に要点はそこではないと述べた。

「余の名前は出ぬ。浪人どもは惣目付に皆殺しにされたのだろう。ならば、大事《だいじ》ない」

「……ならば、よろしいのですが」

「奥歯にものが挟まったようなもの言いだな。はっきり申せ」

阪崎左兵衛尉が苛立った。

「惣目付さまというのは、そのように甘いお方なのでございまするか」

「どういう意味だ」

用人の話に阪崎左兵衛尉が怪訝な顔をした。

「襲い来た者をあっさりと返り討ちになさる。捕らえて裏がないかどうかをお調べになられるのが普通だと愚考《ぐこうつかまつ》仕りまする」

「……大丈夫だ」

少し考えて阪崎左兵衛尉が答えた。

「あやつは公方さまの娘婿という立場だけで、惣目付の座に就いたのだ。監察の経験もなければ、遠国奉行のように探索をしたこともない」

阪崎左兵衛尉が聡四郎をえこひいきで出世した無能だと断じた。

「ならば安心でございまするが……」

用人はまだ不安げな表情であった。

「しかし、沢田どのは実《じつ》のある御仁よな。ちゃんと余が欲しいと思っていることを報せてくれる」

沢田の対応を阪崎左兵衛尉が賞賛した。

「まことに実のある温情でございまする」

用人も同意した。

「……もう一度やるか」

「とんでもないことでございまする」

浪人の襲撃を再度と言った主君に、用人が顔色を変えた。

「繰り返し襲えば、公方さまも惣目付に問題があるとお考えになるだろう。さすれば、余の言を思い出してくださる、いや、同僚の目付たちが公方さまの目をお覚ましするはず。さすれば、余の咎めは解かれるぞ」

「お考えはわかりまするが……」

言いにくそうに用人が阪崎左兵衛尉を見あげた。

「なんだ」

その様子に気付いた阪崎左兵衛尉が、言いたいことがあれば言えと用人を促した。

「……金がございませぬ」

「十両もあれば十分だぞ」

「その金がございませぬ」

たいした費《つい》えではないと口にした阪崎左兵衛尉に用人が泣きそうな顔をした。

「当家は千石だぞ。千石の旗本のもとに十両の金もないと申すか」

阪崎左兵衛尉が怒りを見せた。

「まことでございまする。殿はお目付に転じられる前、納戸組頭《なんどくみがしら》をお務めでございました」

「うむ」

納戸とは、若年寄《わかどしより》支配で将軍家の衣服や調度《ちようど》品をつかさどる。他に将軍から、大名や旗本に下賜《かし》されるもの、ぎゃくに献上されるものを扱う。将軍の身の回りの世話をする小納戸と混同されやすいが、小納戸が将軍の目の付くところにいるのに対し、納戸は献上品を将軍へ紹介するときに目通りをするくらいで、目立つほどの役目ではなかった。

ただ、納戸役は献上をする大名たちとの付き合いがあり、挨拶くらいの品物を受け取ることがあった。

「あのころは金にも余裕はございました。しかし、お目付に抜擢なされてからは、そういったものはなく、ぎゃくに臨場なさるときのお馬を新たに購入せねばならなかったり、その世話をする厩番《うまやばん》を抱えたり、飼い葉などの費用が嵩《かさ》み……」

目付は江戸城下で火事があったときは、火付けか失火を判断するために徒目付や小人《こびと》目付を連れて、焼け跡の調べに出た。これを臨場といい、目付は騎乗するのが決まりであった。

「…………」

聞いた阪崎左兵衛尉が黙った。

馬に乗れる身分というのは、旗本でもそう多くはなかった。家柄としてもともと騎乗身分を持つ寄合《よりあい》以上の旗本は別として、役目のために馬が要る、あるいは加増を受けて馬を持たなければならなくなった旗本は、その手配を新たにしなければならなかった。

それもその辺で見かける荷馬ではいけなかった。旗本としての面目が立つだけの馬が要った。

さすがに千両をこえるような将軍家献上の名馬などには手が届かないが、

「なかなか毛色のいいお馬でござるな」

「馬体がしっかりしておられる。これならば鎧兜を身につけて戦場でも十分な力を発揮してくれましょう」

世辞《せじ》でもこれくらいは言われるほどの馬を購《あがな》わなければならなかった。

当然のことながら、馬は生きものである。世話をする者も要るし、なにより喰う。干した藁《わら》だけを与えておけばいいわけではなく、餌にも気を遣わなければ、馬体が痩《や》せたり、死んだりする。

馬は武士にとって名誉だが、金食い虫であった。

「売り払っても……さすれば厩番も雇い止めできまするし」

用人が馬を手放してはと相談を持ちかけた。

「馬を売るだと。なにを馬鹿なことを。これがうまくいけば、余はまた目付に復帰するのだぞ。そのとき馬がいなければ、また手配せねばならぬだろう」

阪崎左兵衛尉が馬は売らないと宣《せん》した。

「申しわけございませぬ」

主君の言葉は絶対であり、家臣はそれに従うか、命をかけて諫言《かんげん》するかのどちらかしかなかった。

「わかったならば、金を手配せよ」

「それは……」

用人が両手を突いた。

「むううう」

うなったところで金が湧いてくるわけではない。阪崎左兵衛尉が腕を組んだ。

「やむを得ぬ。刀を売りに出せ」

「刀と仰せられますると……」

用人が詳細を尋ねた。

「蔵にある刀簞笥《たんす》のなかからいくつかを見繕ってよい」

「よろしいのでございますか。あそこには重代《じゅうだい》の家宝も」

「家が潰れては重代もないわ」

阪崎左兵衛尉が手を振った。

「ただし、売るときに条件を付けろ。こちらが求めたときは、売ったときの値段で買い戻しをとな」

「それくらいはいけましょうが、未来永劫《えいごう》とは言えませぬ」

「わかっておる。そうよな、三月、いや半年でいい」

用人の進言に阪崎左兵衛尉が期限を決めた。

道具屋に条件を付けてものを売ることはままあった。多いのは家宝を売ったと知られたくないので名前を明かすなという条件であるが、質屋代わりに一時的な金策に使う場合もあった。

「金利のぶんを最初に差し引かせていただきます」

もっとも、相手は商人である。儲《もう》けのない話には乗ってこない。当然、本来の値段よりもかなり安く買いたたかれる。

「わかりましてございまする」

用人が首肯した。

四

聡四郎が襲われたという話は、江戸の尾張徳川家上屋敷でも拡がっていた。

「水城というのは、ひょっとして」

藩士の一人が別の藩士へ話しかけた。

「ああ、あのお旗持《はたも》ち組《ぐみ》を壊滅させた旗本よ」

別の藩士が答えた。

「それが惣目付か。いささかまずいのではないか」

「よきことではないぞ。別府《べっぷ》」

藩士の確認に別の藩士が同意した。

お旗持ち組とは、尾張徳川家の裏であった。

かつて大坂の豊臣家を滅ぼす軍勢を起こしたとき、家康はなにを考えたのか、将軍職を譲った秀忠と、手元で育てている十男で後の紀州徳川家初代頼宣《よりのぶ》にだけ十一本の旗を贈った。しかし、尾張徳川家初代で家康の九男の義直《よしなお》、水戸徳川家初代にして十一男の頼房《よりふさ》には七本しか与えなかった。

「兄弟においてなにゆえのご差別か」

それを知った義直の生母お亀《かめ》の方《かた》が家康に迫り、なんとか義直も十一本にしてもらえたが、頼宣よりも最初は少なかったという事実は消えなかった。

「秀忠公に何かあれば、頼宣さまが三代将軍となられる」

家康の対応から、世間はそう取った。

「無念なり」

義直はもちろん、尾張藩士たちはそのときの悔しさを忘れられなかった。

だからといって、家康を恨むことはできない。徳川にとって家康は神に等しいのだ。となれば、その恨みはどこへ向かうのか。紀州家である。

「いつか思い知らせてくれる」

こうしてお旗持ち組は作られ、代を継いできた。

尾張徳川家があれほど八代将軍の座に固執《こしつ》したのはそこに起因していた。

「紀州の山猿を討て。さすれば、尾張が将軍となる」

家継がいよいよ危ないと知って江戸へ向かう吉宗を、お旗持ち組が襲った。

「させぬ」

それを聡四郎と大宮玄馬が防いだ。

もちろん、紀州家も十分に警戒し、腕利きをそろえていたこともあり、お旗持ち組は壊滅、吉宗は無事に江戸城へ入り、八代将軍の座を得た。

「吾は従兄弟《いとこ》がお旗持ち組であった」

別府と呼ばれた藩士が頬をゆがめた。

「そうか」

もう一人の藩士が痛ましそうな顔をした。

「……どうだ」

「なにがだ、佐貫《さぬき》」

別府が首をかしげた。

「惣目付よ」

「襲う気かっ」

佐貫と言われた藩士の言葉に別府が驚愕《きょうがく》した。

「声が大きい」

「すまぬ。だが、尋常ではないことを言うからだぞ」

「尋常で殿を大樹《たいじゅ》の座にお連れすることができるか」

別府に佐貫が返した。

「……それはそうだが」

詰まりながら別府が認めた。

「だが、すでに八代さまは決まっている。今さらなにができる。配下をどうこうしたところで、将軍家が隠居されるわけでもない」

「いいや、八代の座は安泰ではない」

正論を言う別府に佐貫が首を横に振った。

「まさか、そなた将軍家のお命を……ならぬ、それはかりはならぬ。謀反であるぞ。尾張が潰される」

別府が蒼白《そうはく》になった。

徳川家は外様《とざま》大名に辛く当たるだけでなく、一門にも厳しい。家康の六男忠輝《ただてる》、家光の弟忠長が、ともに厳罰を受けている。

「わかっておるわ。第一、どうやって江戸城の奥にいる吉宗に手を出すというのだ」

「江戸城から出る。そう、鷹狩りがあろう」

吉宗は鷹狩りを武芸の修練として好んでいる。品川《しながわ》や小梅《こうめ》村などに出向き、鷹を使った狩りを年に何度もおこなっていた。

首を左右に振った佐貫に、別府が疑いの目を向けた。

「馬鹿を言うな。鷹狩りこそ、警戒厳重であろう。藩をあげて数千の兵を出せるならば、まだ桶狭間《おけはざま》の再来もできようが、五十やそこらでは勝負にならぬ」

佐貫が手を振った。

鷹狩りは行軍にたとえられる。さすがに万の兵を引き連れていくわけではないが、勢子《せこ》の足軽《あしがる》まで入れれば、それなりの数にはなった。

「といったところで代わりに惣目付を襲っても、将軍家は痛くもかゆくもなかろう」

別府が納得しなかった。

「惣目付は将軍の腹心、さらに娘婿だ。その惣目付が城下で骸《むくろ》を晒してみよ、どうなる」

「大騒ぎにはなるだろうな」

問うような佐貫に別府がうなずいた。

「天下の旗本が往来で死んでいる。それも斬り殺されてとなれば、惣目付の武名は地に堕ちる。当然、惣目付という役目への疑義が生じるだろう。なにせ吉宗が独断で新設した役目だ。その器にあらざる者を引きあげたと、吉宗の手腕にも疑念が付く」

「それがどうしたと」

まだわからないと別府が怪訝な顔をした。

「手腕が疑われた将軍の倹約の命に従う者は少なくなる。人を見る目のない者に天下など支配できるはずはないからな。それに大奥をはじめ倹約に反対している者は多い。その反対を唱える者たちが、一気に勢いづく。そうなれば吉宗も手詰まりになるだろう。もともと将軍になれるはずはなかったのだ。心底あやつに従っている者は少ないからの」

「……たしかにそう言われるとそうかもしれんが……そうこちらの思うように話が進むかの」

別府が疑念を口にした。

「ああ。絶対ではない」

すんなりと佐貫が首肯した。

「なにを言っている」

佐貫の言葉に別府が戸惑った。

「だが……。なにもせずに稔《みの》りは得られぬぞ」

じっと佐貫が別府を見つめた。

「…………」

別府は反論できなかった。

絶対の忠誠を誇るはずの御庭之者が妙な動きを見せた。

「躬《み》のためなのだろうが……」

吉宗がため息を吐いた。

「天下の将軍さまが、そのような真似をなされては、皆、困惑いたしまする」

竹姫が吉宗を諭した。

「わかっている。竹の前だけじゃ」

吉宗が苦く頬をゆがめた。

大奥は吉宗の庭ともいえる。さすがに竹姫を正室に迎えることはできなくなったが、こうして四阿《あずまや》で茶会をするくらいは問題なかった。

もっとも、吉宗嫌いの者たちは、竹姫との逢い引きをおもしろくは思っていない。

「いかがなものかと」

「天下の将軍家は潔白でいただかねば。御台《みだい》様、ご側室でもないものと親しげになさるなど……」

大奥の上臈《じょうろう》や中臈《ちゅうろう》が苦言を呈するという形で嫌がらせを聞かせてくるが、

「大叔母をお茶に誘ってなにが悪い」

吉宗は平然としていた。

「竹姫さまも……」

「公方さまのお誘いを断れと。わかりましてございまする。某どのが止められたと公方さまに申しあげましょう」

吉宗が駄目なら、竹姫をと矛先を変えてくる者もいた。しかし、吉宗と一夜限りとはいえ、契りを交わしたことで竹姫も強くなっていた。

「それは……」

吉宗に言いつけるとなれば、一気に勢いを失う。

改革の端緒《たんしょ》として締め付けられた大奥は、吉宗の怖さをもっともよく知っていた。

結果、多少の邪魔が入ることもあるが、吉宗と竹姫はときどきの逢瀬《おうせ》を楽しんだ。

「将軍とは不便なものよな」

「天下の主さまでしょう」

愚痴を言う吉宗に、竹姫が驚く振りを見せた。

「だからよ。躬が発する言葉、動きは、否応《いやおう》なく天下を揺るがす。将軍は愚痴さえ言えぬ」

吉宗が嘆いた。

「お気弱なことでどうなさいますか」

竹姫が吉宗の背中を叩いた。

「望んでなられたのでしょう。ならば、好きになさいませ」

「好きにする……か」

言われた吉宗が繰り返した。

「していいのだな」

「なんのための将軍職でございますか。公方さまが望まれることを、誰も邪魔できませぬ。それこそ天下人《てんかびと》」

「あはははっは」

不意に吉宗が大声で笑った。

「やはり、そなたは強いな」

「か弱き女に強いとは、なんという無慈悲な」

感心する吉宗に竹姫が文句を言った。

「か弱き女……はて、躬はそのようなものを見たことがないぞ。なにせ躬が存じおるのは天英院、月光院、そなた、そして紅だからな」

「姉上さまに比べられては困りまする。まだまだ届きませぬ」

竹姫がほほえみながら反論した。

「紅は竹を上回るか。ふふっ、さぞや聡四郎は苦労しておるだろう」

「いけませぬ、公方さま。水城さまは姉上さまのことを心底大事に思っておられまする。苦労などと言われては……」

「すまぬ」

惚れた女に叱られて吉宗がしょげた。

「今は御休息のとき、お気持ちを穏やかになされませ。他のことなどお考えになりませぬよう」

「であったな。そう再々二人では会えぬのだ。貴重なときである」

竹姫の諭しに吉宗が納得した。

「なにか不足しておるものはないか。あたらしい衣装など作ってはどうじゃ」

「お気遣い、心よりうれしく存じまする。ですが、日々三度食事をし、毎日風呂に入れ、着るものにも困っておりませぬ」

吉宗の厚意を竹姫が断った。

「なにもさせてくれぬの、そなたは」

男というのは気に入った女の機嫌を取りたいもの、吉宗が落胆した。

「尼になるしかないと覚悟しておりましたのが、今も大奥に、いえ、公方さまの御側におられまする。これ以上を望んでは、冥加《みょうが》が過ぎましょう」

竹姫が微笑みながら首を横に振った。

「なにもないのか」

「では、一つだけ」

寂しそうな顔をした吉宗に、竹姫が応じた。

「おう、なんでもよいぞ」

「お腕《かいな》のなかへ入れてくださいませ」

許した吉宗に竹姫が抱きしめてくれと願った。

「……参れ」

吉宗が手を広げた。

「なんということを。あれでは大叔母との茶会ではない。男と女の密会ではないか」

誰も見てはいないはずだったが、上手《じょうず》の手から水が漏れる。吉宗と竹姫の抱擁《ほうよう》に気づいた者がいた。

「これはお方さまにお報せせねば」

音を立てぬように、女が離れていった。

第四章　あがく男

一

御土居下組の身分は低い。藩主が逃げ出すときの手伝いと駕籠《かご》かきというのが役目なのだ。代替わりがあろうが、どのような祝い事があろうが、藩主に目通りすることはなかった。

「お召しである」

その御土居下組に尾張藩主継友から呼び出しがあった。

「なんだ」

「どういうことか」

御土居下組に属している者たちが驚愕したのは当然であった。

「まさか、御土居下組を廃するというのではなかろうな」

「……むうう。ないとは言えぬの。なにせ、あの御仁じゃ」

御土居下組同心は、久道《くどう》家、馬場《ばば》家、安藤《あんどう》家、中川《なかがわ》家、諏訪《すわ》家、牧野《まきの》家、市岡《いちおか》家、加藤《かとう》家、大海《たいかい》家の九家で構成されている。多少の出入りや分家などもあるため、実際に働ける者は二十人をこえる。

それだけの人数がもっとも古参の御土居下組同心久道家に集まって、一様に不安を口にした。

「なんとかせねばなるまい」

初代義直の時代から、ただただ藩主公危難のおりに備えて、鍛錬を重ねてきた。藩主最後の守りという誇りもある。いや、それがなければ、御土居下組同心に与えられる待遇の悪さに我慢はできなかったろう。

「そういえば、お召し出しはどこであった」

ふと大海六右衛門《ろくえもん》が久道左内《さない》に問うた。

「本丸御殿御対面所《ごたいめんじょ》前の庭へ参るようにとのお指図じゃ」

「御対面所だとっ」

馬場半右衛門《はんえもん》が驚愕の声を出した。

御対面所とは、藩主が一門や重臣と膝を交えて話をしたり、宴席をおこなう場所であった。表御殿ほどの格式はないが、それでも藩主がよく使うだけに身分低き者は近づくことさえできなかった。

「どういう意味だ」

諏訪官兵衛《かんべえ》が首をかしげた。

「おぬしならわかろう」

久道左内が諏訪官兵衛に顔を向けた。

諏訪家は代々軍学《ぐんがく》を得手《えて》としていた。さすがに藩の軍政にかかわれるほどの格ではないが、それでも弟子もおり、家中でも一目置かれている。

「無茶を言うな。兵法は奇道《きどう》を好まぬ。軍学は正しき軍の動きを学ぶもの。殿のなさることは奇道の極みであろうが。いや、殿が奇道そのもの」

藩内で継友の評判は悪い。部屋住みのおりの行動が酷《ひど》すぎた。

諏訪官兵衛が苦笑した。

「……いかねばわからぬか」

久道左内が嘆息した。

「それは確かだが……お言い渡しがすんでしまえば、もう我らはなにもできぬぞ」

どのような役目なのか、どういった経緯で仕官《しかん》したのか、先祖の功績はどれほどだったかなど、主君の決断の前には無意味でしかなかった。

「お沙汰が下る前に……」

「……やるか」

不穏な空気が一同を支配しかけた。

「慌てなさるな」

諏訪官兵衛が落ち着いた声で制止した。

「お沙汰を聞こう。まずは」

「それでは手遅れになるのではないか」

馬場半右衛門が懸念《けねん》を口にした。

「いいや、十分間に合う。無体《むたい》なお沙汰ならば、逃げればいい。いや、そのときは行きがけの駄賃……」

すっと諏訪官兵衛の声が低くなった。

「……ううむう」

久道左内が唸《うな》った。

「不安はなくならぬであろうが、焦りは禁物《きんもつ》ぞ」

「わかった」

諏訪官兵衛に諭された久道左内がうなずいた。

御土居下組の当主が身なりを整えて、本丸御殿御対面所前の庭に膝を突いて待っていた。

「御成《おなり》である」

半刻《はんとき》（約一時間）以上して、ようやく継友が先導する小姓の後ろについて、本丸御殿御対面所へと現れた。

「そのほうらが、御土居下組か」

座ることなく立ったままで継友が口を開いた。

「一同を代表して、お側の方まで申しあげまする」

目通りできない身分の者は、直答《じきとう》が認められていない。それが藩主からの問いかけに応じる場合でも、間に人を挟まなければならなかった。

「我らが九家、御土居下に住まいを賜っております る」

久道左内が答えた。

「忍《しのび》だそうだな」

「お側の方まで申しあげまする。忍の家系もおりまするが、違う者もおりまする」

「違うのか。皆、忍だと聞いておったぞ」

「お側の方……」

「直答を許す」

面倒くさくなった継友が手を振った。

「はっ」

一度久道左内が平伏をして、恐縮した体《てい》を見せた。

「畏れながら、御土居下組のお役目は、万一のとき殿をお守りして木曽路へとご案内いたすこと。その役目に立つ者が集められております る」

「役に立つか。どのようにだ」

「こちらに控えまする大海はご覧いただいているように人並み優れた体軀《たいく》をいたしておりまする。もちろん、膂力《りょりょく》も強く、一人で藩主公をお乗せした駕籠を担いで走ることができまする」

「……………」

無言で継友が次を促した。

「馬場は馬術を得手といたしております る。殿のお向かいになる前を先駆けて走らせ、先触《さきぶ》れ役や物見《ものみ》を務めることができまする」

「次は」

「諏訪は軍学を学んでおりまして、殿の行く先に伏兵などが潜んでいないように経路を選び、さらに追っ手を混乱させるような罠《わな》を仕掛けることができまする」

「罠だと……それはよいな」

継友が顎に手を当てた。

「他の者も、それなりに役立つようだ」

「もちろんでございまする」

久道左内が胸を張った。

「姿勢を正せ。ご下命《かめい》がある」

小姓が大きな声を出した。

「はっ」

即座に御土居下組の者が平伏した。

「命じる。城下を騒がせておる……何という名前であったか」

「入江無手斎でございまする」

酒に浸っている継友が物忘れをし、小姓が助けの手を出した。

「そうであった」

継友が手を打った。

「その入江無手斎を探し出し、討て」

「はあ……」

継友の指図に、久道左内が妙な声をあげてしまった。

「………」

他の者たちも驚いたふうで、互いの顔を見合わせた。

「無礼者っ」

小姓が怒鳴った。

「ご下命であると申したはずじゃ」

「そ、それは承知いたしておりまするが、我ら御土居下組は殿の危難に備えるためにございまして……」

「黙れ」

今度は継友が叱りつけた。

「危難のときまでなにもせずに、禄だけを徒食《としょく》するつもりか。そのような者どもが、尾張に要ると考えるか、匠介《しょうすけ》」

継友が久道左内から小姓へと目を移した。

「いえ、不要でございまする。それに世は泰平、お城が危うくなることも、殿の御身になにかあることもございませぬ」

小姓が継友に告げた。

「ならば、御土居下組は無駄じゃな」

「そのように存じまする」

継友と小姓が一同に冷たい眼差しを送った。

「お、お待ちを」

このままでは歴史ある御土居下組が潰れる。久道左内が思わず声を出した。

「わたくしたち御土居下組は、藩祖義直公の御世から……」

「古いだけではないか。時代がかっているだけでよいなら、そこの火鉢は京の古刹《こさつ》から贈られたものだという」

継友が皮肉った。

「…………」

反論の頭を押し下げられて久道左内が黙った。

「余を今までの藩主と同じだと思うなよ。余はいずれ天下を獲《と》る。そのためには優秀な家臣の支えが必須じゃ。だが、役立たずは不要」

「……しばし」

久道左内が猶予を求めて、同僚たちへ顔を向けた。

「…………」

皆が悲壮《ひそう》な表情を浮かべていた。

「ご下命とあれば、従うしかございませぬぞ」

諏訪官兵衛が久道左内に話しかけた。

「……うむ」

久道左内が強くうなずいた。

「ご下命承りましてございまする」

「ようやくか。遅いの。そなたら、忠誠心が薄いのではないか」

決断した久道左内を継友が嗤った。

「そのようなことはございませぬ」

武士にとって忠誠を疑われるほどの恥はない。

「命に替えて果たしてみましょう」

「よし」

満足げにうなずいた継友が背を向けた。

「……ああ」

御対面所を出かかったところで、継友が足を止めた。

「入江無手斎は、かなり剣を遣う。油断するな」

振り返ることなく、言い捨てるようにして継友が去った。

「………」

残された御土居下組の者たちが啞然とした。

二

御土居下組の一同が継友からの指図を受けているのを、隣室から襖《ふすま》越しに藤川義右衛門が観察していた。

「………」

継友がいなくなった後もじっと聞き耳を立てていた藤川義右衛門が、音もなく消えた。

「……むっ」

「どうした官兵衛」

目を細めた諏訪官兵衛に久道左内が尋ねた。

「他人《ひと》の気配がした」

「……隣室か」

答えた諏訪官兵衛に久道左内が声を潜めた。

「すでに遠ざかっていったようだ」

諏訪官兵衛が眉をひそめた。

「聞かれていたと」

久道左内が目を鋭くした。

「そうとしか考えられぬ」

真剣な眼差しで諏訪官兵衛が言った。

「我らに気づかれず……」

話を聞いていた馬場半右衛門が驚いた。

「忍……」

久道左内が呟くように述べた。

「我ら以外に……」

馬場半右衛門が、顔色を変えた。

「殿はご存じなのであろうか」

大海六右衛門が恐る恐るといった感じで口にした。

「ご存じと考えるべきでしょうな」

諏訪官兵衛が眉間にしわを寄せた。

「陰警固《かげけいご》……」

「それは我らを疑っておられると」

独りごちるような久道左内に、馬場半右衛門が血相を変えた。

御土居下組は藩主最後の守りでもある。その守りたる御土居下組との目通りに他の忍を控えさせる。

「…………」

その持つ意味を考えたとき、御土居下組一同は恐怖を覚えるしかなかった。

「剣術遣いを討ち果たせとか、隣室に忍をしのばせるとか、殿はなにをお考えなのであろう」

「わからぬ。わからぬが……」

「果たすしかない。果たさねば、御土居下組は殿のお気持ちを失う」

御土居下組一同が悲壮な顔をした。

入江無手斎は勤勉であった。

「元気だのう」

休むことなく道場を破り続ける入江無手斎に、同行する木村暇庵が感心した。

「一日に三軒は破っておろうに」

「名古屋は道場が多いからの」

木村暇庵に対し、入江無手斎が淡々と返した。

武士が尚武《しょうぶ》の気風を失って久しいとはいえ、仮にも武芸を生業《なりわい》としている。形だけでも剣術、槍術、弓術のどれかは学んでおかなければ、外聞が悪い。

「剣を抜いたこともないそうだ」

「槍一筋の家柄を誇りながら、本人は遊んでばかりか」

武士は戦う者。戦えない者は、侮蔑《ぶべつ》あるいは嘲笑を受けて当然なのだ。

もちろん、嘲笑《あざわら》うほうも実戦経験などはないが、道場に通っているだけで言うだけの権はある。

結果、武家は子息をどこかの道場に通わせることになった。

「六十二万石の尾張さまのご家中は江戸在府の者を除いても五千人をこえる。一家に男子が二人いるとしても、当主を入れれば一万五千人近い武術修行者がいる……道場が百やそこらですまぬのは当然か」

木村暇庵が勘定をした。

「最近は町人も剣術を習うしの」

入江無手斎が付け加えた。

町民には武士への憧れがあった。さすがに両刀を差して、町を闊歩《かっぽ》することは許されていないが、剣術を学ぶことを規制する法度《はっと》はない。

「いい身体」

「りりしい」

また町娘が、道場を覗いて黄色い声をあげる。

「やっとう」

「おうりゃあ」

若い男にはこれが堪《たま》らない。

結果、町道場に町人が通うようになった。

武士と町人、同じく剣術を学ぶ同好の士には違いないが、そこには大きな壁があった。

「無駄なことを」

「狭い道場だというに、邪魔だ」

表芸を町人に侵食されたと不機嫌になる武士に、

「あれで戦えるのか」

「へっぴり腰め」

下に見られて不満な町人が、やり返す。

場合によっては、剣道場での席順で町人が武士より上になるということも出てきている。

「生意気な」

「勝ってから言え」

道場の雰囲気が悪くなる。

言うまでもなく、武士、町人にかかわりなく仲のいい道場もある。午前中は武士、昼からは町人、あるいは奇数日は武士、偶数日は町人と住みわけしているところもある。

そして、身分差にうるさい名古屋では、武士専用、町人専用という区別をつけている道場が多かった。

「今から行くのはどういったところだ。良か、悪か」

「知らん」

向かっている道場について訊いた木村暇庵に、入江無手斎が首を横に振った。

「敵を知るのも武術であろう」

木村暇庵が驚いた。

「どうであろうが、関係ない」

入江無手斎が淡々と答えた。

「……少しはましになったかと思ったが」

初めのころの道場の対応がよかったからと密かに喜んでいた木村暇庵が嘆息した。

「鬼になにを求めているのやら」

感情のない声で入江無手斎が告げた。

「人が鬼になるのだ。鬼が人に戻ってもよかろう」

「一度手を血で染めてみろ、洗ったところで落ちるのは表だけ。心が堕ちてしまえば、もとに戻らぬ。泥にまみれた白絹が洗濯してもくすみが残るのと同じよ」

希望を口にした木村暇庵に、入江無手斎が絶望を突きつけた。

「……後悔するがいい、藤川。人に紛れつつあった儂を鬼に引き戻したことを」

入江無手斎が暗く嗤った。

その道場は荒れていた。外壁も兼ねる羽目板は破れ、修繕はなされておらず、風が通らないように板が打ち付けられているだけ、表門は閉めることができなくなっていた。

「稽古を見学する者の姿もなし」

木村暇庵が道場を見つめて、嫌な顔をした。

見物がいないということは、稽古をしていないか、覗けば難癖を付けられるかのどちらかで、碌《ろく》なところではないとの証明であった。

「…………」

そのようなことはどうでもいいと、入江無手斎はずんずんなかへと足を踏み入れていく。

「やれ、また人死にが出るな。まあ、悪人なだけ気は楽だが」

苦笑しながら木村暇庵が入江無手斎の後を追った。

「どいつもこいつもまともな目つきをしておらぬの」

道場の板戸を大きく引き開けた入江無手斎が大声を出した。

「なんだ、てめえ」

「どこから湧いてきた」

破れの目立つ床板を避けて、札博打《ふだばくち》に興じていた無頼《ぶらい》たちが反応した。

「道場破りよ」

「てめえかあ、最近あちこちを荒らし回っている爺《じじい》は」

入江無手斎の言葉に、無頼たちが立ちあがった。

「うちへ来るとはいい度胸だ」

「金鯱《きんしゃち》の輝きさえ届かない、地獄の一丁目に来るとはな」

「図に乗るからだ。その辺の剣術踊りを教える道場と一緒に考えるなよ、こちとら人殺しも平気だからな」

無頼たちが転がっている木刀を手にして、入江無手斎を囲むように拡がった。

「……ああ」

遅れて入ってきた木村暇庵が嘆いた。

「仲間か」

無頼の一人が木村暇庵に気付いた。

「仲間には違いないが、儂は戦えぬぞ」

木村暇庵が手を振って、参加しないとの意思表示をした。

「関係ねえ。勝手に入りこんだ以上、すべて敵だ」

一人の無頼が木村暇庵に向かった。

「そうか、残念だの」

木刀で殴りにかかってきた無頼へと木村暇庵が近づき、振り下ろそうとしている右手の肘《ひじ》を摑《つか》んだ。

「ほれ」

「ぎゃあああ」

肘にある神経の通り道を木村暇庵に押された無頼が痛みに叫んだ。

「こっちも」

鎖骨《さこつ》と鎖骨の合わさる胸骨《きょうこつ》の上、喉下のくぼみへ木村暇庵が右手の親指を突き立てた。

「……ぐはっ」

人体の急所を攻められた無頼が痛みのあまり気を失った。

「ついでじゃ」

気を失った無頼の両肩の関節を、木村暇庵が外した。

「……なんだ、おめえ」

木村暇庵が木刀に打ち据えられて倒れるのを見て、やろうとしていた無頼たちが、その手並みに驚愕《きょうがく》した。

「よいのか、儂など見ていて」

隙だらけだと木村暇庵が指摘した。

「はっ」

「こっちを」

慌てた無頼たちに、いつの間にか入江無手斎が迫っていた。

「えっ」

「あわっ」

急ぎ対応しようとしたが遅かった。

「…………」

無言で振るった入江無手斎の拳に、まず二人が沈んだ。

「やろうっ」

「くそっ」

残っていた無頼たちが、刀を振りかぶって入江無手斎へと襲いかかった。

「子供の剣術ごっこのほうがよほどましだ」

入江無手斎は刀を使うことなく、無頼たちを殲滅《せんめつ》した。

「どうやら死人はでなかったようじゃな」

「剣を使わなかったからの」

安堵する木村暇庵に入江無手斎が応じた。

「で、どれが道場主じゃ」

倒れている無頼を木村暇庵が見渡した。

「おらぬ。ここに転がっているのは雑魚《ざこ》ばかりじゃ」

入江無手斎が首を左右に振った。

「留守か」

「その向こうで震えておるわ」

入ってきたのとは反対、奥へと繋がる板戸を入江無手斎が見た。

「出てこい」

入江無手斎が呼びかけた。

「…………」

板戸の向こうは無反応であった。

「そうか、そうか」

うなずきながら入江無手斎が、無頼たちの手にしていた木刀を拾いあげ、板戸へ向かって投げつけた。

木刀は投げるような構造にはなっていない。反りがあるうえ、鍔《つば》も付いている。とてもまっすぐには飛ばないが、入江無手斎ほどの遣い手がおこなえば投げ槍もかくやとばかりになった。

「……ひいい」

板戸を突き破った木刀に、奥から悲鳴が聞こえた。

「行こうか」

入江無手斎が背を向けた。

「よいのか、道場主を放っておいて」

「なにをする覚悟もないだろうよ。尿《いばり》の臭いがした」

懸念する木村暇庵に入江無手斎が嗤った。

「……情けない」

木村暇庵が手のひらで目を覆った。

「さて、次じゃ」

すでに入江無手斎の頭のなかから、漏らした道場主のことは消えていた。

三

やられているばかりではなかった。

さすがに武を看板にして武士を集めている道場は沈黙を守ることで失態が忘れられるほうを選んだが、無頼たちの巣窟《そうくつ》となっている道場はいきり立った。

「面目がたたない」

「町を歩けやしねえ」

入江無手斎に手痛い目に遭わされた道場主というか、博徒《ばくと》の親分たちが一堂に会して、協議を始めた。

「うちは三人やられた」

「死人は出てねえが、骨を砕かれて遣いものにならなくなったのが五人もいる」

「閻魔《えんま》の夜右衛門《やえもん》は両手を叩き折られて、隠居に追いこまれたという」

被害を集まった道場主たちが口にした。

「どうだろう、ここは日頃の遺り取りを一度忘れて、手を組もうじゃないか」

一人の道場主が提案した。

「それはいいが、誰が音頭を取るのだ。青野氏《あおのうじ》」

別の道場主が提案した道場主に問うた。

「さすがに誰でもいいとはいかねえな」

身形《みなり》も博徒の道場主が目つきを鋭くした。

「目的は一つだろう。誰がやっても同じ」

青野と呼ばれた道場主が怪訝な顔をした。

「とぼけるんじゃねえよ。頭を取ったら、他の連中を先兵にして、己のところは後ろで高みの見物と考えているだろう。お見通しよ」

「彫りのが言うとおりだな。今回のことが終わった後、生き残っている者が多いほど縄張りを広くできる。それを狙っているだろう」

「…………」

指摘された青野が黙った。

「こんなときまで、てめえのことしか考えねえとはな。最初におめえのところを潰してもいいんだぜ、なあ風野《かぜの》さんよ」

「ああ」

もう一人の道場主が同意した。

「うっ……」

入江無手斎の道場破りで戦力の減っている今、とても複数の道場を相手取ることはできない。青野がうめいた。

「下がってな」

彫りと言われた博徒の道場主が手を振った。

「………」

青野が肩を落とした。

「風野さん、まとめ役を頼めるかい」

「いいのか、彫りの」

彫りに任せると言われた風野が驚いた。

「おいらは道場主というより、博打場の親だからな。戦いは素人《しろうと》よ」

あっさりと彫りが告げた。

「そうか。わかった。預かろう」

風野が首肯した。

「どうする、青野」

氏を取って風野が青野に訊いた。

「……勝手にやらせてもらおう」

青野が背を向けた。

裏切りを見抜かれては、ことがうまく運んでも利はなかった。それどころか、敵に戻った風野、彫りから攻撃を受けることになる。

「先手を譲るぜ」

出て行きかけた青野に風野が声をかけた。

「嚙ませ犬にする気か」

青野が怒りを見せた。

「ふん」

風野が鼻で嗤った。

「三日やる。その間に果たせねば、我らが代わる。その意味はわかるな」

猶予期間中に入江無手斎を殺せなかったら、縄張りを捨てて道場を閉めろと風野は暗に要求した。

「なっ」

「こちらの数が多いのに。そのすべてを敵に回して……死にたくないのなら……」

憤怒《ふんぬ》の声をあげかけた青野に、風野が氷のような声音《こわね》を出した。

「…………」

青野が無言で消えた。

「いいのかい、風野の旦那」

「かまわぬさ。爺を殺せればよし、駄目でも大きな痛手を受けるだろう。そうなれば、あやつの縄張りは食い放題だ」

「おもしれえ。あいつがしようとしていたことをそのまま返すとは」

彫りが手を打ってはしゃいだ。

「気を抜くなよ。まだ、爺は生きている。あの爺が死なない限り、縄張りを拡げるなど叶わぬ夢だ」

風野が嘆息した。


尾張の城下での暗闘に合わせるように、江戸の尾張屋敷でも動きがあった。

「一同、いよいよ怨敵《おんてき》を討つときが来た」

佐貫が広間の上座で口を開いた。

「いや、まずは礼を言うべきであった。よくぞ、吾が檄《げき》に応えてくれた。感謝する」

立ったままながら、佐貫が頭を下げた。

「礼は不要。我らは皆、係累《けいるい》なり」

集まっていた藩士の一人が首を左右に振った。

「そうだ」

「仇《かたき》を獲るのは武士の習いである」

「獲る、まさに狩りであるぞ」

口々にその場にいた藩士たちから声があがった。

「うむ」

佐貫がうなずいた。

「相手については、今更言うまでもなかろうが、水城某である。今は惣目付などという役目を紀州の簒奪者《さんだつしゃ》から与えられて肩で風を切っているが、もとは小旗本に過ぎぬ」

一度そこで言葉を切った佐貫が続けた。

「もとは五百石ほどであったという。それがあやつの引きあげで一千五百石にまで立身しておる」

「一千五百石……」

一同が息を呑んだ。

尾張藩は御三家でもっとも多い石高《こくだか》を誇る。一万石を超える重臣もいるが、藩士たちの平均は数百石にも満たない。とくにお旗持ち組はその成り立ち、役割からも重要なものではないため、石高は百石未満がほとんどであった。

「だが、恐るるに足らず。なぜなら、引き立てられてからまだ日が浅く、家臣の新規召し抱えをおこなっていたとしても、仕えたばかり、忠誠心の浅い者ばかりだからだ」

佐貫が演説した。

「譜代が少ない……」

別府が呟くように言った。

「そうじゃ。我らのように主家のためならば、命も惜しまぬような者はまずおらぬ。いたところでもとが勘定筋だという。算盤《そろばん》侍では、敵になるまい」

「たしかに」

「尾張柳生の折り紙を得ている吾ならば、算盤侍など一撃じゃの」

藩士たちが笑った。

「決行は十日後。それまで各々得物《えもの》の手入れをおさおさ怠りなくなされよ」

「十日後……今からでよいだろう」

「そうじゃ。我らで力を合わせれば、夜には屋敷へ戻ってこられるぞ」

佐貫の指図に、藩士たちが反論した。

「わかっておる。我らの敵ではないとな。だが、どの道を通って城へ通っているのか、襲う場所はどこがいいか、ことをすませた後どうやって屋敷へ帰るかなど、下調べはしておかねばならぬ」

「まだるっこしいことを言われるな。我らが勝ちは決まっておる」

慎重にと抑える佐貫に、藩士の一人が反発した。

「落ち着け、田方《たがた》。出撃したが、見当たりませんでしたでは無駄足になるだろう」

「……ならば屋敷を襲えば」

田方と呼ばれた藩士がまだ言い返した。

「屋敷を襲えば、赤穂《あこう》浪士の二の舞ぞ」

元禄《げんろく》十五年（一七〇二）十二月十四日、高家《こうけ》の吉良《きら》を襲った播州《ばんしゅう》浅野《あさの》家の浪人たちは、無事に隠居を討ち果たしたが、幕府の咎めを受けて全員切腹になっていた。

「命など惜しくはないわ」

田方が強気を見せた。

「そのようなもの、最初《はな》から気にしておらぬ」

佐貫がため息を吐いた。

「旗本の屋敷を襲撃する。その意味をおぬしたちはわかっているのか」

「どういうことじゃ」

「なにが言いたい」

問いかけられた藩士たちが困惑した。

「無事に果たしたとして、江戸の城下を騒がされただけでなく、旗本を害されて、御上が黙っていると思うか」

「むっ」

佐貫に見つめられた田方が詰まった。

「町奉行、目付総出で探索するだろう。そうなれば、まちがいなく我らにたどり着く」

聡四郎の屋敷がある本郷御弓町は、大名屋敷と旗本屋敷が並んでいた。

泰平が長く続いたためか、厳密に守られてはいないが、大名やちょっとした旗本の屋敷には周囲の治安を維持するための辻番が設けられている。

「なにか見ていないか」

「怪しい物音を聞いていないか」

幕府から正式に問い合わせが来たら、隠すことはしない。もし、後で隠蔽《いんぺい》していたことがわかれば、痛い目に遭うと決まっているからだ。

「なにやら急ぐ侍を見てござる」

「こちらからあちらへ走り去りましてございまする」

証言が集まり、その中身を精査すれば、尾張屋敷へたどり着くことは確実であった。

「惣目付は目付に嫌われているという。目付がまともに対応するとは思えぬ」

田方が都合のいい取りかたをした。

「……はあ」

佐貫が大きく嘆息した。

「なんだ、それは」

馬鹿にされたと気付いた田方が、佐貫を睨んだ。

「少しは考えてくれ。惣目付がいなくなることは都合がいい。だが、その後釜《あとがま》として目付ここにありというには、それだけの実績が要る。水城を討った者を取り逃がしてみろ、あやつは新たな惣目付を任じるだけぞ」

「目付が必死になると」

「なる」

確認した田方に佐貫が断言した。

「藩の名前が出てはまずい。屋敷はない……な」

ようやく田方が納得した。

「だが、十日は不要だ。こういうものには機があるという。我らが士気の問題もある。あまり日延べは望ましくあるまい」

「……むうう」

田方に言われて、今度は佐貫がうなった。

「そもそも、なにをそんなに危惧《きぐ》しておるのだ」

慎重になる理由を田方が尋ねた。

「水城の警固を務める者の一人がな」

佐貫が応じた。

「警固一人など……気にするほどではあるまい」

別府が手を振った。

「相当遣うという水城の家臣ともなれば、甘く見ることは止めたほうがいい。事実、過去にお旗持ち組を倒している」

甘く見るべきではないと佐貫が忠告した。

「あれは紀州家の手勢であろう」

田方が手を振った。

かつて吉宗の行列を襲ったお旗持ち組は全滅してしまった。そのときの様子は街道筋で目撃していた旅人などからあるていどは得られたが、詳細までは無理である。残っているお旗持ち組には、概要しか伝わっていなかった。

「ではあろうが、油断は禁物であろう」

佐貫が念を入れるべきだと述べた。

「それでも十日は要るまい」

「そうだ」

「長すぎるぞ」

藩士一同が田方に賛意を表した。

「……ううむう」

多くの意見は強い。佐貫は考えこんだ。

「では、五日だ。五日は用意に費やしたい。これは絶対だ」

「わかった。そちらが折れたのだ。こちらも同意しよう」

田方がうなずいた。

「皆、いいな」

「おう」

いつの間にか田方が代表のようになっていた。

「三人ほど手を貸してくれ。水城を調べる」

佐貫の声の調子は弱かった。


本郷御弓町の水城屋敷には、何重もの警戒網が敷かれていた。

「…………」

播磨麻兵衛、山路兵弥を中心とする伊賀者の結界《けっかい》、それだけでもそこいらの大名屋敷とは比べものにならないが、そこに忍犬の黒《くろ》が加わっている。

犬は人の数百から千倍の嗅覚、数倍の聴覚を誇る。

普段は紬《つむぎ》が寝ている部屋の床下で控えている黒は、異変を感じると、その姿を現す。

「おう、ご苦労だな」

姿を見せた黒が咥《くわ》えているものを見て、山路兵弥が褒めた。

江戸の町は人が多く、山野とはほど遠いと思われているが、神田川や大川《おおかわ》などを通じて山の獣が下りてくることはままあった。

そのなかでもっとも面倒なのが、蝮《まむし》であった。

「さすがに蝮は結界でも防げぬでな」

黒が吐き出した蝮はしっかり頭を嚙み砕かれている。それを拾いあげた山路兵弥が苦笑した。

伊賀者の結界は基本として人を相手にしている。なにせ、山奥といっていい伊賀の郷で生み出された技術なのだ。

さすがに熊や狼などの大きなものが郷へ近づくとわかる。しかし、蝮や毒虫は小さすぎて判別できない。いや、いちいち反応していられなかった。

「紬さまのお身体に万一があってはならぬ。結界を見直すか」

蝮を庭へ埋めながら、山路兵弥が播磨麻兵衛に話しかけた。

「それは難しいぞ。二人でそこまではできぬ」

播磨麻兵衛が首を左右に振った。

「たしかにそうだな。二人でそれだけの結界を維持するのは無理がありすぎるな」

「あと三人は要る」

同意した山路兵弥に播磨麻兵衛が指を立てた。

「郷から呼ぶか」

「争いになるぞ。皆、郷の暮らしには嫌気が差している」

播磨麻兵衛が首を横に振った。

伊賀の郷は、山に囲まれた狭隘《きょうあい》な谷間のような場所にある。もちろん、伊賀にも平野はあるが、そこは津《つ》藩藤堂《とうどう》家のものであり、郷忍の住んでいるところは、山に張り付くように耕やされた段々畑しかない。

しかも藤堂家における伊賀忍の扱いは悪く、郷士《ごうし》としてさえ認められていなかった。

耕しても、郷が十分喰えるだけの稔りは得られず、男も女も若いうちは全国へ忍働きの技を使って出稼ぎをして、なんとか家族を養っている。

播磨麻兵衛と山路兵弥が水城家へ奉公できたのは、すでに現役の伊賀者としては歳を取り過ぎ、隠居していたからだ。

他にも伊賀の郷忍の一部が藤川義右衛門にそそのかされて、聡四郎の敵に回ったことへの詫《わ》びもあった。

「あと三人寄越せ」

水城家の家士となった二人から郷へ人の募集の連絡がいけば、

「江戸へ出られる」

「未来《さき》のない今よりは……」

陪臣《ばいしん》とはいえ、武士として扱われ、代々の禄が保証される。隙間風がはいる家屋で凍えることもなく、明日の米の心配も要らない。

「吾《われ》が行く」

「いや、儂《わし》だ」

「譲れぬ」

誰が選ばれるかでもめ事が起こるのは必須であり、結果はどうなっても郷に禍根《かこん》が残るのはまちがいなかった。

「出せぬ」

それがわかっているだけに、伊賀の郷を率いる今の棟梁《とうりょう》、百地丹波介《ももちたんばのすけ》が郷忍の引き抜きを認めるはずはなかった。

「だが……」

「黒がいるだけで満足せねばなるまい」

まだ不安そうな山路兵弥に播磨麻兵衛が、さっさと紬の寝ている真下へ戻った黒を示した。

「とはいえ、このままではいかぬぞ。近いうちに袖《そで》が屋敷を離れるというし」

すでに紬と大宮玄馬の婚姻は水城家で共有されていた。

「姫さまの守りが一枚減る……か」

山路兵弥の危惧を播磨麻兵衛は否定しなかった。

四

阪崎左兵衛尉は聡四郎の襲撃が失敗したと、用人からあらためて知らされた。

「おのれ」

聡四郎を排除しようとして、逆に追い出された阪崎左兵衛尉は復帰に執念を燃やしている。懲罰として小普請組へ入れられた者は、よほどのことがないかぎり代替わりするまで浮かぶことはない。

「ようやく千石に届いたというに」

　阪崎家は、左兵衛尉が目付になって加増を受けるまで六百五十石であった。六百五十石といえば旗本でも歴々とまではいかないが、かなりのものになる。

　それでも千石との差は大きかった。

　千石は旗本にとって、一つの区切りであった。

　言いかたは悪いが、凡百《ぼんぴゃく》か、名門かの差であった。

　当主が役目に就くことで、それにふさわしい石高へと加増される。これは役目を離れようが、隠居しようが、そのまま変わらずもらえた。

「代替わりか。ならば……」

　父親から家督《かとく》を相続した息子は最初小普請組に配されるが、それでも千石を超えると別扱いを受けられた。

「千石に届いた」

　これは少なくとも先祖の誰かが、それなりの功績を立てたという証なのだ。

「遣えよう」

　その子孫ならば、それなりの役に立つと思われる。

　もちろん、いきなり目付だ、遠国奉行だとはいかないが、それでも無役で放置されるよりはよほどましであった。

「ほう、できるな」

役目に就けば、上役の目に留まることもある。

「そういえば、何役に欠員が出ていたな。させてみよう」

出世の機会も得やすい。

これが千石を割ると、なぜか一気に機会を失った。

抜かない限り、名刀かどうかわからない刀と旗本は同じといえた。

阪崎家は、ようやくそこに手が届いた。

目付は出世のしにくい役目ではあるが、旗本の俊英として敬われる。隠居した後の安泰も保証されていた。

それが崩れた。

「このままではすまさぬ。思い知らせてくれる」

今までの努力を無にされた阪崎左兵衛尉が呪詛《じゅそ》を吐いた。

「頼りがいのない連中じゃ」

聡四郎への恨み、それ以上に阪崎左兵衛尉は援助の手を伸ばしてくれない同僚だった目付たちに憤怒していた。

「ともに手を携えて、惣目付へ抵抗しようと誓ったではないか」

阪崎左兵衛尉が吉宗から叱責を受ける原因となったのは、権を侵された目付たちが惣目付という役目を潰すために動いたことが始まりであった。

「大奥とはいえ、江戸城のうち。そこで刀を抜くなど許せぬこと」

目付たちは直接吉宗に聡四郎を訴えた。

このとき、まだ目付は一枚岩であった。

しかし、吉宗によって却下されたうえに、反論されたことで岩が割れた。

「仰せの通りでございまする」

花岡琢磨が吉宗に屈した。

「なにが、惣目付支配方じゃ。外記などという名乗りをもらって浮かれおって」

同僚であった花岡琢磨は、目付上席格惣目付支配方という役目に転じ、さらに吉宗から外記という名をもらった。

主君から名前をもらうというのは、家臣にとって大いなる名誉であった。

「八代さまより、当家の先祖が外記との名乗りを下賜され、以来代々それを受け継いでおりまする」

子孫も外記という名乗りを使えるようになるだけでなく、その栄誉も引き継ぐ。

「そういう来歴があったか。それならば」

上役が目をかける要因になる。

「八代さまお気に入りの家柄」

これは花岡家を守る盾《たて》であった。

「罪とする」

子孫がなにかしくじっても、

「八代さまから名誉を賜った家を潰すわけにはいかぬ」

減禄は喰らっても、改易《かいえき》や目見得《めみえ》格剝奪《はくだつ》という咎めを受けることはない。

「花岡の裏切りもそうだが、他の連中も余を見捨てるとは薄情に過ぎる」

阪崎左兵衛尉は、それが我慢ならなかった。

「余にすべてをかぶせて、己たちは嵐が過ぎ去るのを待つつもりか」

阪崎左兵衛尉が解任、謹慎を命じられたことで、他の目付たちは萎縮《いしゅく》してしまった。

「どうしてくれようか」

多少の情報はもらえた。

「きっと余の放免に努力してくれているはず」

それで阪崎左兵衛尉が期待を持った。

「…………」

「二度と来るな」

「余は阪崎を追訴したくない」

あの後も使者を出したが、すべて門前払いであった。

「きさまらも敵じゃ」

閉門という咎めを受け、屋敷のなかで鬱々《うつうつ》としている阪崎左兵衛尉はまがってしまった。

「どうしてくれようか」

近づけば無理を言われるか、怒鳴りつけられる。家臣たちも阪崎左兵衛尉の側には寄らなくなった。

「実家に戻らせていただきまする」

妻は子供を連れて、さっさといなくなった。

孤独が阪崎左兵衛尉を襲った。

「……そうだ」

独りで悩んでいた阪崎左兵衛尉が表情を変えた。

「水城も目付も花岡もまとめて、余にひれ伏させる手があった」

阪崎左兵衛尉が顔をあげた。

「余が惣目付になればいい。惣目付になれば、花岡を顎で使うことも、目付どもを抑えつけることもできる。名案じゃ」

独りで阪崎左兵衛尉が笑った。

「それには、まず謹慎を解かなければならぬ。自在に動けぬ」

阪崎左兵衛尉が腰をあげた。

「まさか、登城することはできぬ」

門を閉じていよと言われているのだ。屋敷で謹慎し、出仕《しゅっし》に備える身支度の月代《さかやき》、髭《ひげ》を剃ることも許されていなかった。

さらに屋敷は小人目付によって見張られている。

「あれは……」

目付として小人目付を顎で使っていた阪崎左兵衛尉の顔は知れ渡っており、多少の変装くらいではごまかせない。

「なにをしている」

かつては下僕《げぼく》であったが、今は監視人である小人目付に、取り押さえられるという恥を掻くことになる。

「身の潔白と有能さを余に代わって公方さまに伝えてくれる者が要る」

阪崎左兵衛尉が思案した。

こういったとき頼りになるのは、一族と決まっている。

「あやつは無役であったな」

無役の旗本は寄合席以上でないと、登城できなかった。

なにせ登城したところで控えている部屋がないのだ。それこそ一日中、江戸城内をうろつくことになる。

「なにをしている」

使用できる厠《かわや》さえ決まっているほど厳格な江戸城内で、あてどもなくさまよっていれば目立つ。

「無断登城とはなにごとか。ただちに屋敷へ戻り、謹慎しておれ。追って沙汰があろう」

目付に見つかって咎めを受けるはめになる。

「阪崎左兵衛尉より……」

言いわけしたところで、目付たちはもう阪崎左兵衛尉を見捨てている。

「黙れ」

あっさりと断じられて終わってしまうのはまちがいなかった。

「……あやつも小普請、あれは遠国勤め」

阪崎左兵衛尉が一門の顔を浮かべては、消していった。

「……おっ、そういえば三郎太《さぶろうた》が新番に選ばれたと聞いた記憶がある」

一人の親戚を阪崎左兵衛尉が思い出した。

小姓番、書院番、大番、小十人組《こじゅうにんぐみ》と合わせて五番組に数えられる新番は、将軍御休息の間へ至る廊下を扼《やく》する番所に詰める番方のことである。設立は三代将軍家光のころで当初は土圭《とけい》の間《ま》に詰めた。後に五代将軍綱吉の御世、城中、それも御座の間《ま》近くで刃傷があったことから、将軍家御座所《ござしょ》近くに新設された新番所へ移され、新番組と名称を変えられた。

小姓組と書院番が騎乗できるのに対し、徒《かち》として将軍に付き従う。

一応、将軍側に仕えることで、その役目にある間は騎乗格を与えられるが、名門旗本というより武で鳴る個人が選ばれて就任した。

「新番ならば、公方さまにも近づきやすい」

将軍が新番所を通ることはまずないが、それでも御休息の間寸前のところに番所があるだけに近い。なにより御休息の間へ向かう者を誰何《すいか》するのが新番の役目、当然新番組の者は止められることなく、番所を通過できる。

「よし、三郎太に頼もう。あやつとは従兄弟同士、つきあいも深い」

勝手に阪崎左兵衛尉が決めた。

「誰《たれ》ぞ、おらぬか」

「……なにか」

目に付かないところで控えていた家士が呼ばれて姿を見せた。

「手紙を書く、筆の用意をいたせ」

「はっ」

家士が首肯した。


阪崎左兵衛尉からの書状を受け取った阪崎三郎太が、嫌な顔をした。

「なにを申してきたのだ」

三郎太が書状の封を開いた。

新番組士は二百五十俵《ぴよう》を役高《やくだか》としていた。まさに目通りできるかどうか、ぎりぎりのところという小旗本だが、将軍の警固を担うという性質上、矜持《きようじ》は高かった。

阪崎左兵衛尉の半分も家禄はないが、咎めを受けて逼塞《ひつそく》している者と将軍の守りでは、立場が逆転している。

「……愚かなことを」

読んだ三郎太が嘆息した。

「なぜ、吾が左兵衛尉の手助けをせねばならぬ」

三郎太が不満を口にした。

「殿」

書状を阪崎左兵衛尉から預かった家臣が、口を挟んだ。

「うん、なんだ」

三郎太が、書状から家臣へと目を移した。

「このままでよろしゅうございますので」

家臣が問うた。

「なんのことだ」

三郎太が怪訝な顔をした。

「阪崎さまの連座を……」

「連座……か」

家臣の言葉に三郎太が苦い顔をした。

八代将軍吉宗は、その改革の一つとして連座制の廃止をおこなった。

連座制とは、家族なり奉公人なりが重大な罪を犯したとき、本人だけでなくその係累《けいるい》にも罪を及ぼすことをいった。

人を殺した下手人の場合、両親や兄弟は闕所《けっしょ》のうえ江戸十里四方所払い、場合によっては遠島に処されるようなものである。

「無駄に罪人を増やすだけで、かえって治安を悪くする」

吉宗は連座制の無駄を理解していた。

罪に落とされた者の再起は難しい。

「下手人の弟……雇えないねえ。いつ殺されるかわからない」

「人殺しの妹を嫁にもらうなど……」

こうして連座された者は世間から省かれていく。

「くそっ、覚えていろ」

「もう終わり」

男は世間を恨んで無頼へと落ち、女は身を売って生きるしかなくなってしまう。

もちろん、連座がなくなっても、事情を知っている者は離れる。こればかりは仕方のないことだが、追放などの咎めを受けてさえいなければ、新たな場所へと移って、再起を図れる。

吉宗はこれを無駄だと断じた。

「男は働き、女は子を産み、手を取り合って育《はぐく》む。これこそ国を富ませる第一歩である」

為政者《いせいしゃ》にとって、人は経済の駒なのだ。

しかし、これは民にだけしか適用されなかった。

「武士は人の上に立つもの。民以上の心構えがなければならぬ」

吉宗は武家については連座制を残した。

「愚かなまねをする前に止められなかったことを咎める」

武家の連座は厳しい。

家臣の危惧はあながち外れているとは言えなかった。

「むうう」

三郎太が唸った。

今はなにもないが、いつ目付が新番所へ来ても不思議ではないことに、三郎太が気づいた。

「喰らうか」

「難しいところでございまする」

三郎太の確認に、家臣が首を横に振った。

「どこまで連座になるかだな」

「絵島《えじま》さまの一件では、実家の兄弟が罪を問われましてございまする」

家臣が不安を見せる三郎太に実例を出した。

絵島の一件とは、七代将軍家継の生母月光院付きの上臈《じょうろう》絵島が、代参《だいさん》を口実にした芝居見物に外出、大奥の門限に間に合わなかったことに端《たん》を発した騒動であった。

当時、大奥は家継の生母月光院と六代将軍家宣の正室天英院の間で、覇権《はけん》争いが繰り返されていた。

といったところで、将軍生母に形勢は傾いていた。六代将軍の正室は身分の高い五摂家《せっけ》の出であるが、七代将軍家継が成人して御台所《みだいどころ》を迎えたならば、大奥を出て城下の尼寺、あるいは二の丸、三の丸の屋敷へと隠居しなければならないのが慣例である。

つまり、天英院はいずれ大奥を去ることになる。それに対して生母は、少なくとも家継が死ぬまでは大奥に君臨できる。

「なんとかせねば」

少しずつ追い詰められていった天英院は、形勢逆転を狙って、月光院を支える絵島を狙った。

大奥女中の代参には、御広敷伊賀者がその警固に就く。普段は、その伊賀者が行列の出発を促すのだが、このときはそれがなかった。

江戸一の色男役者とうたわれた生島《いくしま》の接待を受けていた絵島が気づいたときには、すでに七つ（午後四時ごろ）を過ぎていた。

「通せ」

遅刻した絵島は大奥出入り門でもある七つ口の木戸の御広敷番へ門を開けるよう強く要求したが、この日は普段と違って、番士は強硬な姿勢を崩さなかった。

「規則であれば」

「後で報いてくれるほどに」

賄賂《わいろ》をちらつかせても、出世の手引きを口にしても、番士はうなずかなかった。

「なにごとか」

揉《も》めているところへ目付が登場、絵島は咎めを受けた。

天英院の勝利であった。

「なにとぞ」

厳しい処断が下るのを月光院が家継へ嘆願、なんとか死罪と遠島は免れ、信濃国《しなの》高遠藩《たかとお》へのお預けとなったが、兄弟は連座を受けた。

幸い、連座は兄弟までで止まっているが、今回も同じだとはかぎらなかった。

「連座を避けるためには、手を貸してやらねばならぬか」

「そのように存じまする」

苦虫を嚙み潰したような三郎太に家臣が首肯《しゅこう》した。

「とはいえ、直接殿が公方さまへお願いをするのは、かえってよろしくないかと」

いかに旗本とはいえ、直接将軍に会って、なにかを願うことは禁じられていた。いや、禁じられているとまではいかないが、それでもあまりよくはなかった。

「むうう」

三郎太が唸った。

「どういたせばよいと思う」

思案がつかなかった三郎太が家臣に問うた。

「阪崎さまに嘆願書をお書きいただき、それを御側御用取次さまにお渡しするのはいかがでございましょう」

将軍に会うには御側御用取次に話を通さなければならない。

「嘆願書か……それならば一門としての情けということで強いお叱りも受けまい。よし、左兵衛尉に伝えよ。嘆願書ならば預かるとな」

「はっ」

主の指図に家臣が頭を垂れた。

第五章　陰と湿

一

当間土佐《とうまとさ》が藤川義右衛門を前に憤慨《ふんがい》していた。

「我らを雇い入れながら、御土居下組《おどいしたぐみ》などを使うとは、どういう了見か。我らは役立たずだと」

「落ち着け。わかっているだろう。吾は無駄が嫌いだ」

「無駄だとっ」

甲賀者のなかでも腕利きと自負している当間土佐が憤慨した。

「今のおまえらでは入江無手斎に勝てぬ。いや、吾ですら及ぶまいよ」

藤川義右衛門が首を横に振った。

「……おぬしが及ばぬと」

当間土佐が藤川義右衛門の言葉に息を呑んだ。

「勝負にならぬ」

藤川義右衛門が苦い顔を見せた。

「それほどか」

「あれは人ではない」

まだ疑う当間土佐に、表情を変えないはずの忍の長《おさ》だった藤川義右衛門が、頬を引きつらせた。

「罠を使えば……」

「無駄だ。あらゆる奇道、策略も通じぬ。罠など一撃で斬り裂く」

藤川義右衛門が首を左右に振った。

「……………」

当間土佐が呆然となった。

「水城はどうにかできる。だが、入江無手斎とその弟子の大宮玄馬には勝てぬ」

「ではなぜ、御土居下組をぶつけた」

当然の疑問を当間土佐が口にした。

「足留めよ」

「……足留め」

藤川義右衛門の答えに当間土佐が戸惑った。

「入江無手斎は忍の気配を嗅ぎ取る。どれほど隠形《おんぎょう》をしたところで、効かぬ」

「隠形が……」

忍が姿を消す隠形をおこなえば、音はもちろん、気配さえも出さなくなる。それこそ、隣を通っても気づかれない。そこまで達してこそ隠形と言える。その隠形が効果を持たないなど信じられなかった。

「剣術遣いには、稀《まれ》にそういった人外《じんがい》がいる」

「……むうう」

当間土佐が唸った。

「では、足留めの意味を教えてくれ」

「我らが名古屋を捨てて、離れるまでのときを稼いでもらう」

問われた藤川義右衛門が述べた。

「名古屋を捨てる……どこへ行くつもりだ」

当間土佐が困惑した。藤川義右衛門は名古屋の夜を支配して吉宗と対抗するための力を蓄えると言っていたからだ。

「江戸へ行く」

「なにをっ」

藤川義右衛門の口から出た地名に、当間土佐が忍らしくない大声をあげた。

「落ち着け」

嫌そうな顔をしながら、藤川義右衛門が当間土佐を抑えた。

「名古屋で力を付けるというのは、まちがいない。だが、入江無手斎が来たことでそれは難しくなった」

藤川義右衛門が説明を始めた。

「追い詰められたといってもいい」

「たかが一人にか」

「その一人が尋常ではない。このまま名古屋にいてはやられる。なにより、入江無手斎に気づかれたということは、吾がここにおることを吉宗が知った」

「追っ手が来るか」

当間土佐が緊張した。

「来るだろう。御三家の名古屋だからといって、見逃してくれるほど吉宗は甘くない」

藤川義右衛門がうなずいた。

「伊賀組か、それとも大番組か」

幕府の出す追っ手を当間土佐は、裏と表から推測した。

「いいや。どちらも吉宗は使うまい」

「なぜじゃ」

否定した藤川義右衛門に当間土佐が首をかしげた。

「どちらも吉宗は信用しておらぬ。伊賀組は言うまでもないだろう。組頭の吾を筆頭にかなりの数の伊賀者が裏切っている。猜疑心《さいぎしん》の塊《かたまり》といってもいい吉宗が伊賀組を目の届かないところへ放つことはない」

藤川義右衛門が続けた。

「そして、大番組を名古屋が受け入れると思うか」

「受け入れまいな」

幕府の戦力を城下に立ち入らせ、好き放題にさせる。なによりまずいのは、藤川義右衛門を見つけるための探索、そして見つけたときの捕縛であった。

探索も捕縛も城下を預かる町奉行の役目である。自儘《じまま》を許せば、以降、町奉行所の威光は二度と輝かない。

「自前でどうにかできなかったのか」

「他人の手を借りるなど、情けない」

町奉行は批判に晒される。

「辞しまする」

藩内の話であるならばこれでいいが、幕府という外部を受け入れての失態である。

「…………」

恥を雪《そそ》ぐために、町奉行は切腹することになる。

「勝手なまねを……」

そうでなくとも尾張は吉宗への反発が強い。そこへ町奉行の切腹が加われば、いつ暴発が起こっても不思議ではなくなる。

「名古屋が受け入れぬ。では、それを吉宗が認めるか」

「認めるわけないいな」

藤川義右衛門の言葉に当間土佐が首肯した。

「将軍と尾張のもめ事、天下が揺れる」

「わかっていて大番組を出すわけにはいかぬの」

当間土佐が認めた。

「となると……」

「来るとしたら、吉宗の飼い犬、御庭之者だろう」

「御庭之者か。よく知らぬが、遣い手か」

当間土佐が訊いた。

「かなりな」

「数はどのくらい」

「当主と一族を入れれば、二十人をこえるだろう」

藤川義右衛門が推測を述べた。

「二十人か……我らより多いな」

戦いというのは、表も裏も数が大きくものを言う。

「面倒だろう」

「たしかに面倒だ」

当間土佐が同意した。

「だから名古屋から離れる」

説明の続きに戻った。

「入江無手斎が名古屋にいる。そして御庭之者も近いうちに名古屋へ向かってくる。そうしたらどうなる」

「我らが追い立てられるといった話ではないな。ふうむ……」

尋ねられた当間土佐が思案に入った。

「江戸の守りが薄くなる」

当間土佐の答えを藤川義右衛門は待たなかった。

「そうかっ」

言われて当間土佐が気づいた。

「我らに伍《ご》する力を持つのは、入江無手斎、大宮玄馬、そして御庭之者。そのうち入江無手斎と御庭之者がいなくなるのだ。吉宗は丸裸ぞ」

「水城はいいのか」

「かまわぬ。水城ごときは小物よ」

質問された藤川義右衛門が首を横に振った。

「もちろん、機が来れば殺す。だが、今回の目的ではない」

藤川義右衛門が気をあげた。

「求めるは、ただ、ただ吉宗が首」

強く藤川義右衛門が宣《せん》した。

「…………」

その意志のすさまじさに当間土佐が呑まれた。

「用意をいたせ」

「は、はい」

命じられた当間土佐が身を正し、一礼して出ていった。

「もう少し稼いでおきたかったが、まあ、江戸まで出て数カ月生きていくくらいはできよう」

山中でならば自給自足ができる忍といえども、江戸で生きていくには金がかかった。空き家に入りこんで盗みをすれば手持ちがなくてもいけるといえばいけるが、それではどうしても無理が出る。

人が出入りすれば、空き家が生き返る。どれだけ気配を消そうとも、家は人がいることでその価値を発揮する。

また盗みはかならずばれる。金やものがなくなって気づかない者などいないのだ。ならば、最初から金を遣って宿に泊まればいい。江戸など、それこそ数百から千の単位で旅人が出入りしている。木を隠すには森のなか、人が潜むならば町のなか。

これくらいは盗賊でもわかっていた。

藤川義右衛門が借宿《かりやど》としている空き寺の本堂から出た。

「悪くはなかったが……名古屋も。だが、天下ではない」

軽く跳んで藤川義右衛門が本堂の屋根にあがった。

「火種は撒《ま》いたしの」

藤川義右衛門が名古屋城の天守閣を見上げて嗤った。

二

阪崎三郎太は懐に書状を忍ばせて新番所へと出勤した。

「おはようござる」

「おう、交代だな」

番方は泊まり番とも呼ばれる宿直《とのい》番、五つ（午前八時ごろ）から七つ（午後四時ごろ）まで詰める当番、そして休みの非番を繰り返す。その他、不意の将軍外出に備えて一組が詰め所で控えてはいるが、こちらは当番だけで宿直はしなかった。

鷹狩りを好む吉宗の代になって御成《おなり》は増えたが、それでも年に数回しかない。吉宗にとって鷹狩りは気晴らしであり、改革を後回しにしてまでおこなうものではないからであった。

つまり、新番組は殿中警固をする組と詰め所に詰める組だけしか仕事はなく、六組あるうちの二組が出務するだけであり、滅多に将軍が御休息の間にいるときの勤務、当番は巡《めぐ》ってこなかった。

「城中一夜異変これなく。交代をいたす。遺漏《いろう》なきように務められよ」

「承った」

宿直番の組頭から、当番の組頭へ引き継ぎがおこなわれた。

「ではの、阪崎」

「お疲れでござった」

手を振る宿直番を三郎太がねぎらった。

将軍の警固を担う番方は、徹夜で気を張っていようとも疲れた様子を見せることは許されない。あくびをするなどもってのほかで、見つかれば叱責を受ける。

当然、そんな気の緩んだ者に将軍の命は預けられない。

「任を解く」

数日後には小普請入りとなる。

将軍に近い者には、それだけの資格が要った。

「誰か」

新番組の役目は御休息の間へと向かう者を検《あらた》めることである。さすがに顔のわかっている老中や若年寄、側用人、御側御用取次などは素通りさせるが、それ以外はかならず一度足を止めさせた。

「勘定所頭の牟田権左衛門《むたごんざえもん》でござる」

新番所では人定《じんてい》をするだけで、用件までは問わない。用件をただすのは御側御用取次の役目である。

「通られよ」

問題なければ、通過させる。

これを一日繰り返す。

新番は一千五百石に役料三百俵の頭一人、六百石の組頭八人、二百五十俵の番士が一組に二十人で構成されている。

その二十人で御休息の間へと向かう入《い》り側《かわ》廊下を押さえている。といっても二十人全員が番所の外でたむろしているわけではなかった。もともと御休息の間は将軍家が執務をする御用部屋から休憩を取るために設けられた座敷、規模も小さく、廊下の幅も表御殿としては狭い部類に入る。そこに二十人もいては邪魔でしかない。

通常は四人の番士が一刻交代で任につき、残りは待機している。二組のうち一組余るのは、なにかあったときの予備として、即応できるように詰め所襖際で控えるからだ。

三郎太は、二番目の当番として新番所で時刻まで待っていた。

「…………」

猶予は一刻もなかった。

当番として立てば、一刻は厠へ行くことも認められない。なにより御用で御休息の間へ向かう者はひっきりなしに来る。それこそ、余所見《よそみ》する暇もなくなる。

「どれ」

三郎太が腰をあげた。

「どうした」

「厠じゃ。すませておかぬとな」

同じ順番になる同僚の問いに、三郎太が応じた。

「少し早いのではないか。まだ半刻以上あるぞ」

同僚が怪訝な顔をした。

「厠が混む前にと思ってな」

「……なるほど」

三郎太の言いぶんに同僚が納得した。

江戸城はその広さ、登城している人数に比して、厠が少なかった。なにより将軍居間近くに不浄を造るわけにもいかず、小姓番や小納戸、御側御用取次らが使う厠とそれ以外が使用できるものしかないに近い。

しかも厠は大名や高級旗本が使うこともあり、同時に多人数が用を足せるほど並んでいなかった。

「組頭さま、厠でござる」

「手早くすませよ」

席を離れるときは許可が要る。

三郎太は、所属する組の頭に声をかけ、許しを得た。

「…………」

新番所から御休息の間は近い。静かに足を運んだ三郎太は、懐から阪崎左兵衛尉の嘆願書を取り出し、辺りの様子を窺《うかが》った。

「誰も見ていない」

確認した三郎太は、嘆願書を御休息の間控えへと投げこんだ。

当初、御側御用取次に手渡すはずだったが、いざとなったとき三郎太は顔を見られるのを怖れたのであった。

「な、なんだ」

「誰だ」

御休息の間に繫がる控え室には、当番の御側御用取次、小姓番、小納戸が控えている。異物の登場に驚いた一同が騒いだ。

「鎮《しず》まれ」

騒動に気づいた吉宗が、一喝《いっかつ》した。

「はっ」

将軍の一声で、たちまち一同が落ち着いた。

「遠江守、なにがあった」

吉宗が当番の御側御用取次加納遠江守に訊いた。

「書状のようなものが投げこまれましてございまする」

「持って参れ」

加納遠江守の返答に、吉宗が命じた。

「ですが、危険ではないかどうかを検めてからでなければ」

「触ったくらいでどうにかなると。毒が塗ってあっても、口にせぬかぎり効きはせぬ」

吉宗が苛立《いらだ》った。

「承知仕りましてございまする」

紀州時代から側にいただけに、加納遠江守は吉宗の気の短さを知っている。すぐに書状を拾いあげて、吉宗の前へと進んだ。

「読んでみよ」

「はっ」

指図された加納遠江守が書状の封を切って、開いた。

「……ご披見《ひけん》なさるほどのものではございませぬ」

一読した加納遠江守が書状を折りたたもうとした。

「寄こせ」

吉宗が遮った。

「お止めになったほうが……」

加納遠江守が逡巡《しゅんじゅん》した。

「貸せ」

もう一度吉宗が急《せ》かした。

「……はい」

逆らいきれないと加納遠江守が膝行《しっこう》し、書状を差し出した。

「……馬鹿が」

ざっと目を通した吉宗が吐き捨てた。

「惣目付には、己こそふさわしいだと」

「公方さま、妄想《もうそう》でございまする」

怒りを露《あら》わにした吉宗を加納遠江守がなだめようとした。

「右衛門大尉、水城よりもうまくこなしてみせるとは、よくぞ申したものよ」

吉宗が唇をゆがめた。

「…………」

碌でもないことを考えているに違いないと悟った加納遠江守が息を呑んだ。

「ならば、素質を見てやろう。遠江守」

「はっ」

呼ばれた加納遠江守が姿勢を正した。

「阪崎左兵衛尉の閉門を解く」

「よろしいのでございましょうや」

先日閉門させたばかりである。それを理由なく解くのは、吉宗の命の重さにかかわって来かねない。

「ふん」

加納遠江守の懸念を吉宗が鼻で嗤った。

「食禄を召しあげ、あらたに扶持米《ふちまい》五十俵を与える」

五十俵は御家人《ごけにん》でも同心よりましといったていどの低さであった。

「そのうえで小人目付に任じる」

「それは……」

吉宗の采配《さいはい》に加納遠江守が唖然とした。

五十俵は御家人になる。つまり目見得《めみえ》できない身分への格落ちを示している。さらに小人目付は目付の配下で黒鍬者と並ぶ下僚であり、かろうじて姓を名乗ることができるといった武士として最下層であった。

「当然、左兵衛尉は取りあげる」

左兵衛尉は布衣《ほい》格、およそ従六位下《じゅろくいげ》に値する格式を持っている。いうまでもなく、目見得できない御家人には縁のないものであった。

「さらに惣目付付きを命ずる」

「…………」

聡四郎の配下にすると言った吉宗に、加納遠江守が黙った。

「ああ、付け加えてくれよう。小人目付、徒目付、そして勘定吟味役、御広敷用人、道中奉行副役を経験して、ふさわしいだけの功績をあげたならば惣目付にしてくれるとな」

吉宗の言葉は厳しいものであった。

「小人目付からにしたのは、咎めであると付け加えておけ」

そもそも小人目付に手柄は立てようがないし、徒目付になったところで、御家人から旗本への格上げなど稀である。そこまでいっても勘定吟味役以降の役目は難役も難役、とても吉宗が認めるだけの功績は無理であった。

「少しは思い知るだろう。他の目付どももな」

吉宗が引き立てる基準はここまで厳しい。

本来なら旗本の咎めは評定所の役目であるが、その慣例を吉宗は破った。つまりこれは将軍の決定であり、引っくり返ることはなかった。

「そろそろ堪忍袋《かんにんぶくろ》の緒《お》が切れる」

「承りましてございまする」

すでに切れているに近い。加納遠江守は反論することなく、引き受けた。


お旗持ち組関連の者たちは三々五々《さんさんごご》、聡四郎の動静を探っていた。

「登城、下城はいつも同じ道を使っておる」

「供は日によって代わることもあるが、基本は大宮とかいう若い家士が多い」

「登城の刻限は判で押したように決まっているが、帰りはまちまちじゃ。早いときは七つ、遅ければ五つ（午後八時ごろ）を回ることもある」

「宿直番はないのか」

報告を聞いていた佐貫が確認した。

「留守居役《るすいやく》に訊いてみたところ、目付には宿直はあるが、惣目付にはないそうだ」

田方が答えた。

「当たり前か。一人しかおらぬのに宿直などしていたら、家に帰れぬわ」

あらためて気づいた佐貫が苦笑した。

「で、どこでやる」

佐貫が表情を変えた。

「神田川沿いがよかろう。少なくともそちらへは逃げられぬ。三方を囲むだけですむ」

壮年のお旗持ち組の藩士が提案した。

「それはだめだ」

佐貫が手を振った。

「調べたところでわかったことだが……」

ちらと佐貫が別のお旗持ち組の者を見た。

「先日、そこで水城が襲われている。さすがに警戒しているだろう。なにより見通しがよすぎる。林家《りんけ》の学堂の門くらいしか身を隠すところはない。これだけの数は無理だ」

佐貫が理由を述べた。

「むっ」

不服そうながら、壮年のお旗持ち組の者が引いた。

「となると水戸家や前田《まえだ》家の屋敷あたり……」

「どちらも広大すぎるぞ」

別の案が出たが、懸念もあった。

加賀百万石の前田家上屋敷は、いささか上野《うえの》寄りになるとはいえ、その規模は十万坪を超える。また水戸家の上屋敷は本郷に隣接するとはいえ小石川《こいしかわ》で、やはり十万余坪を誇っていた。

当然、塀も長く身を隠すところが少ない。

「どちらかの藩士のふりをすれば、三人くらいで組んでいても目立つまい」

百万石の前田家、定府《じょうふ》の御三家水戸家は、どちらも上屋敷に多くの藩士を常駐させている。それこそ千人いても不思議ではなく、同じ家中でも全員の顔を知っているとはかぎらなかった。

「それがよかろう。絵図で見ると水城の屋敷には前田家の屋敷が近い」

佐貫の決定で前田家の藩士のふりをすることが決まった。

「となると、残るはいつ襲撃するかだが……」

「下城時刻が不安定なのはいただけぬな」

「暮れ六つ（午後六時ころ）までに戻ってもらわぬと目立つ」

武士には門限がある。用がなければ日が落ちるまでに自邸に帰っていなければならなかった。

「日が落ちてから前田屋敷の辺りにたむろしていれば、まちがいなく誰何《すいか》されるぞ」

数万石の大名だと人手不足のため藩邸周囲の夜回りはしていないが、前田家や水戸家は盗賊や火災を防ぐため五人ほどの組で一晩中警戒をしていた。

その夜回りが、門限を過ぎてから藩邸の外をうろついているお旗持ち組の者たちを見過ごすはずはなかった。

「となると他人目《ひとめ》はあるが、朝になる」

別府が口にした。

「そこよ。他人目がありすぎる。顔は覆面などで隠し、紋付きは脱いでおくにしても、身体付きや声、刀の装飾などはごまかせぬ」

難しい表情で、佐貫が首を左右に振った。

「かけるか」

田方がぼそっと言った。

「かけるとは……」

佐貫が首をかしげた。

「下城を待ち伏せするが、刻限を切る。暮れ六つ、いや六つ半（午後七時ごろ）までに下城が確認できなければ、その日は解散する」

「なにもせずに帰ると」

田方の考えに壮年のお旗持ち組の者が憤った。

「不退転《ふたいてん》の決意こそお旗持ち組の信条であろうが」

「それでしくじっては意味がなかろう。すでに一度我らは負けておるのだ」

壮年のお旗持ち組の者を佐貫が抑えた。

「だからこそじゃ。散っていった仲間、一族の仇をなんとかして討たねばならぬ。おぬしもわかっておろうが、藩内の目を」

「むっ」

言われた佐貫が詰まった。

吉宗の行列を襲って全滅した。結果、八代将軍の座は尾張ではなく、紀州のものになった。

「あやつらがしくじらねば……」

あれ以来、ずっと生き残ったお旗持ち組関連の者は、家中の蔑《さげす》みに耐えてきた。その白眼視《はくがんし》が最近、より強くなっていた。

「お借り上げをいたす」

「役料を減らす」

八代将軍騒動の前から悪化していた尾張藩の財政は、破綻《はたん》の危機にあった。執政《しっせい》も勘定方も殖産興業に力を入れているが、数年で好転することは難しい。だが借財の利子は待ってくれない。となるとどうしても即効性のある人減らし、給与削減に走ることになる。

藩主の連続死去、それに伴う襲封《しゅうほう》と金のかかる行事が続いたのが引《ひ》き鉄《がね》になったのはたしかだが、もともと木曾川、長良川、揖斐川といった治水の問題で財政基盤が揺らいでいたことこそ困窮の原因であった。

もちろん、そのことはみんなわかっている。わかってはいるが、誰かを責めないとやっていけないのが人の心というものでもある。

かといって家老や勘定奉行を責め立てることは、身分からいって不可能。となると、吉宗を殺せなかったお旗持ち組に怒りをぶつけるしかなかった。

ただ、藩祖義直の悔しさを伝えるために、いつか尾張徳川から将軍を出す日までは残せという想いで作られたお旗持ち組を潰したり、縮小したりは継友も重臣もできない。おかげでお旗持ち組は居心地は悪いが存続できていた。

「我らの怒りをぶつける」

もっとも今回のことは、藩主を将軍にというお旗持ち組の目的に沿うものではなかった。いかに惣目付という役目にあり、吉宗の義理の娘婿で腹心でも、いなくなったところで幕府は微塵《みじん》も影響を受けない。たんに同僚や一族を殺された恨みと、藩内で冷たくあしらわれることへの怒りからの行為であり、はっきりいって八つ当たりなのだ。

当たり前のことながら、身勝手なまねに藩は援助をしてくれない。金も人もお旗持ち組のなかで調達するしかなく、できることには限界があった。

「毎日、本郷まで通うのか」

「それくらいは辛抱せんか」

冷遇の最たるお旗持ち組は大久保戸山《おおくぼとやま》にある尾張藩下屋敷に隣接する抱《かかえ》屋敷に放りこまれている。豪農の土地を借り受けて建てられた抱屋敷はいつ返還するかわからないということもあり、造りが甘いうえに手入れも怠《おこた》られがちであった。

なにより戸山から本郷は、それこそ江戸城本丸《ほんまる》を挟んで反対側になる。徒歩でとなるとかなりときがかかった。

「歩くだけで疲れては、いざというときに困るだろうが。やるならば、身体気迫十分であるべきだ」

「それくらいどうした。戦場で疲れたとか、足が痛いとか言えるか」

お旗持ち組同士で口論が始まった。

「落ち着かんか」

苦々しい顔で佐貫が二人を制した。

「鈴葦《すずよし》」

聡四郎のことを調べていた若いお旗持ち組の者を佐貫が呼んだ。

「水城の下城時刻で多いのは何刻ごろか」

「でしたら暮れ六つ半かと」

鈴葦と呼ばれたお旗持ち組の者が告げた。

「それにかけよう」

佐貫が決断した。

「今日か」

壮年のお旗持ち組の者が意気ごんだ。

「今日は十五夜ぞ。月が明るすぎる」

日が落ちるくらいがちょうどいいが、月が満月では相手からもはっきり見える。

「かといって晦日《みそか》では、足下が暗すぎる。地の利はあちらにある」

月末は真っ暗になる。星明かりだけではとても戦えない。

「ではいつだと」

焦《じ》れた壮年のお旗持ち組の者が佐貫に迫った。

「二十五日といたそう。ご一同、努々《ゆめゆめ》用意に手抜かりなきよう」

佐貫が一同を見回した。

三

諏訪官兵衛は、入江無手斎のことを数日かけて調べた。

「どうだ」

馬場半右衛門が様子を問うた。

「わからぬ」

大きく肩を落とした諏訪官兵衛が首を左右に振った。

「なにもか」

「いや、まず大柄な老人で、宿を転々と移しつつ、城下の道場を破るだけの腕を持つ。あと老人の連れが一人いて、どうやら医者らしいというのは知れた」

「それだけか。なにもわかっていないのと同じだぞ」

久道左内が苦情を付けた。

「ときがなさすぎる。一放流などという流派は名古屋にはない。聞き合わせた話から江戸者だろうと思われるが、調べが届かぬ」

名古屋から江戸へ、どれだけ急いでも四日はかかる。江戸へ行って調べて、戻ってをしていたら、十日やそこらでは足りなかった。

「二十日欲しい」

切実な表情で諏訪官兵衛がため息を吐いた。

「わかっているのだろう、無理だと」

久道左内もため息を漏らした。

「ご辛抱のかなわぬお方だから……」

諏訪官兵衛が肩を落とした。

藩主となった継友だったが、本来は継承できる立場ではなかった。尾張徳川家の血を引く者には違いなかったが兄が多かったため継承はもちろん、分家を作ることもかなわず、捨て扶持とわずかなお付きだけを与えられて、飼い殺しとなっていた。

「血を残すな。力を付けるな」

継承から外された一族というのは、本家からしてみれば面倒でしかなかった。といったところで生まれてしまったものを安易に殺すことはできない。かぎりなく薄くなっているとはいえ、継友も家康の血を受け継いでいる。

「どういうことか」

不審な死は幕府の疑いを招く。

いかに御三家筆頭の尾張とはいえ、幕府との対立はまずかった。

いわば、飼い殺しとなる一族は火種であった。

当たり前のことだが、そのような面倒をずっと持ち続けたいと思う者はいない。どこかで血脈を断っておかなければ、それこそ末代まで継承権を持つ無駄飯食いを抱えこまなければならなくなる。

「妻《めと》は娶らせぬ」

「妾《めかけ》は許すが、子はならぬ」

ようは一代で血脈を途絶えさせるのだ。

妾が認められるのは、下手に性欲を抑えつけて、そのへんの女中に手をつけられては困るからであった。

妾ならば懐妊したかどうかを見張ることができる。それこそ、十日に一度、いや月に一度でいいので、城から医師を派遣して妊娠の有無を確かめさせればすむ。もちろん、子ができていたら産む前に水にしてしまう。家康の血を引いている子供には違いないが、生まれないかぎりは幕府も気にしない。

問題は、適当に種を蒔《ま》かれたときである。

「宿下がりをして、密かに産め。後日の証拠にこれを」

継友が女中に吾が子であるという証明になるような紋入りの小刀や書付を持たせて逃がせば、藩庁が気付かないこともありえる。

そうならないように、継友は閨まで藩に管理されていた。

その継友が藩主になった。

「お子さまを」

途端に藩の重臣たちは手のひらを返した。

継友以外にも通春など初代藩主義直の血筋を引く者はいるが、さすがに直系でない相続が続くのはまずかった。

なにより弟を養子にするというのは親子のような直系とは違い、幕府の許可が要るため、老中や奥右筆《おくゆうひつ》への根回し、賄《まいない》を贈らなければならず、かなりの金がかかった。

吉通以来、五郎太、継友と葬儀二回、相続二回と費用のかかる行事が重なった尾張藩の蔵は空《から》っぽどころか、かなりの借財を背負っている。そこにさらなる追加というのは、藩の存亡にかかわってきかねない。

継友に女があてがわれた。

「酒を」

厄介者《やっかいもの》と藩主では膳からして違う。

「鳥が食いたい」

「なんじゃ、これは。気に入らぬ、取り替えよ」

継友は貧しかったころを消し去ろうとするかのように美食を求めた。

本来藩主となる者には、贅沢とか女色《にょしょく》を戒める教育がなされる。酒と女に狂って藩政をおろそかにされては困るからだ。

それを受けていない継友はやりたい放題をした。

「某を側用人《そばようにん》に」

「そなたを小姓頭にしてやる」

さらに不遇のころ、ともに嘆いていたお付きの家臣を出世させて、周りを固めた。

「少しはご辛抱を」

こうなると苦言を呈する代々の家臣は遠ざけられる。

「殿こそ、天下人にふさわしいお方」

「天が殿に運をさずけられたのでございまする」

阿《おもね》る家臣たちに囲まれた継友が暗君《あんくん》になった。

「殿が我慢をなさることはない」

馬場半右衛門がもう一度嘆息した。

「やるしかないか」

久道左内も息を吐いた。

「十全な用意をいたせぬとは」

諏訪官兵衛が天を仰いだ。

「嘆いていてもどうにもならぬぞ」

大海六右衛門が肚を括れと皆に告げた。

「そうよな。やるしかない」

馬場半右衛門が気をあげた。

「慎重にいかねばなりませぬぞ。相手は名古屋の名だたる道場を次々に破っている武芸者でござる」

勢いでかかるなと諏訪官兵衛が慎重さを求めた。

「一対一であらずともよいのであろう」

「そのようなお指図ではなかったな」

確認した大海六右衛門に、久道左内が首肯した。

「忍に正々堂々を求められても困るだろうが。なにより、我らは御土居下組。どのような手を使っても殿をお守りするのが任。我らに誇りは不要」

久道左内の表情が変わった。

「では、一斉にということでよいな」

馬場半右衛門が念を押した。

「ああ」

「拙者は荒事《あらごと》は苦手でござる」

うなずいた久道左内に諏訪官兵衛が申しわけなさそうに言った。

「わかっておる。官兵衛は離れたところから、見ていてくれ。我らがしくじったとき、それを残してきた者に報告してもらわねばならぬでな」

忍は失敗をいつも考えている。なぜ失敗したのか、なにが足らなかったのかを冷静に見つめ、次に生かすためであった。

「……わかった」

久道左内の覚悟に諏訪官兵衛が息を呑んだ。

入江無手斎は藤川義右衛門を誘い出すため、派手に動いている。

「田中《たなか》道場に道場破りが」

青野のもとへ入江無手斎の動静を見張るために城下へ出していた弟子の一人からの報せが入った。

「田中といえば、五町《ちょう》（約五五〇メートル）ほど北ではないか。よし、出るぞ」

「おう」

「やってやる」

青野の号令で弟子たちが太刀を摑んで道場を飛び出した。

「わかっているだろうが、これは道場での試合ではないぞ。殺し合いだ。一対一でないと卑怯《ひきょう》だとか、背後から斬りかかるなど武芸者として恥などというのは、一切考慮せずともよい。取り囲んで皆でやる」

「承知」

「わかっておりまする」

走りながら念を押した青野に弟子たちが応じた。

「あそこで」

入江無手斎を見つけた弟子が、田中道場を指さした。

「いいか、外へ出すな。なかでやれば、武芸の試合の最中ということで、殺しても罪にはならぬ」

「…………」

青野の指図にいくたりかの弟子たちの顔つきがこわばった。

「人を斬ったことがない者は、好機だと思え。すでに人斬りの経験がある者は、さらなる度胸を試すために励め。行くぞ」

弟子たちを鼓舞《こぶ》して、青野が田中道場へと突っこんだ。

「……参った」

なかでは入江無手斎が道場主を破ったところであった。

「いささか、さび付いておるのではないか」

入江無手斎が道場主にあきれた。

「いや、お恥ずかしい。いかがでござろうか、奥で修行のお話などを伺いたいのだが……」

道場主が入江無手斎を接待しようと誘った。

「不要。できるだけ多くの道場を訪れたいのでの」

「それは困る」

断った入江無手斎に道場主が慌てた。

「このまま帰られては、道場の面目が……」

武芸道場の主が負けたというのは、外聞が悪すぎた。道場主が、入江無手斎を接待するのは、酒を飲ませ、金を持たせて口止めするためであった。

「そんなものは知らぬ」

入江無手斎が切り捨てたところへ、青野が躍りこんできた。

「見つけたぞ、爺。この間はよくも恥を掻かせてくれたな」

青野がすでに抜いていた太刀を振りかぶった。

「なんだ、おぬしたちは」

「…………」

道場主が驚き、入江無手斎は動じなかった。

「田中伝雲斎《でんうんさい》だな。拙者は青野道場の青野じゃ。先日、この爺に道場を荒らされた復讐である」

青野が道場主へと答えた。

「ああ、貴殿もか」

田中伝雲斎と呼びかけられた道場主が納得した。

「悪いが道場を借りるぞ」

そう言って青野が太刀を小さく上下させ始めた。

これは強敵と対峙するとき、相手に吞まれて身体が固まってしまうことを防ぐものので、流派によっては鶺鴒《せきれい》の尾《お》の構えなどと呼んでいる。

「先生」

青野の弟子たちも入江無手斎を囲んだ。

「合わせろ」

ばらばらにかかれば、それは一対一の連続でしかない。それでは前回の道場の二の舞を演じることになる。

青野は弟子たちに一斉に斬りかかれと命じた。

「りゃああ」

「やあ」

「とう」

口火を切った青野に続いて弟子たちが同時に入江無手斎を襲った。

「ふん」

入江無手斎は嘲笑を浮かべ、その場で跳びあがった。名人や達人と呼ばれる剣術遣いは、助走なしでも半間《けん》（約九〇センチ）は跳んでみせる。さらに足を折りたためば、四尺（約一二〇センチ）以上になった。

「えっ」

「なんで」

目標が不意にいなくなった。

仲間に斬りつけないよう、薙《な》ぎや袈裟懸《けさが》けではなく、真っ向上段から斬りつけた一同の太刀が空《くう》を切った。

「上だ」

「遅いわ」

大慌てで青野が対処を弟子たちに命じたが、振り落としたばかりの太刀を逆向き、斬りあげに変更することはできなかった。

「ほれ、ほれ」

落ちしなに入江無手斎が曲げていた足を伸ばすように蹴りを二人の弟子に喰らわ

せた。

「……っ」

「ぐう」

頸椎《けいつい》を折られて二人の弟子が死に、包囲網に穴が開いた。

「いかん、包囲を縮めろ」

急いで青野が指示したが、弟子たちは反応できなかった。

「ぐえっ」

「ぎゃっ」

入江無手斎の木刀で、弟子たちが次々に倒れた。

「くそがあ」

青野が一瞬背を見せた入江無手斎に斬りかかった。

「思い切りの良さは認めるが、技と身体が付いてきておらぬ」

入江無手斎が青野を評しながら、木刀で一撃を受け、即座に弾き返した。

「うおっ」

渾身《こんしん》の力をこめた一刀を跳ね返された青野が体勢を崩した。

「いつ失った、剣術への想いを」

問うように口にしながら、入江無手斎が青野の頭上へ木刀を喰らわせた。

「ぐぶっ」

頭をへこまされた青野が絶息《ぜっそく》した。

「で、どうする、おぬしは」

振り返りもせず、入江無手斎が背後に問うた。

「ひくっ」

隙を狙っていた田中伝雲斎が小さく身を跳ねさせた。

「かあああっつ」

入江無手斎が裂帛《れっぱく》の気を吐いた。

「……ううん」

田中伝雲斎が気に当てられて意識を失った。

「武士の時代は終わったな」

見ていた木村暇庵があきれながら入江無手斎へと近づいた。

四

いかに罪には問われないとはいえ、道場で片手では収まらない死人が出たとなると、隠すことはできなかった。

「入江だ」

「ああ」

御土居下組はすぐに入江無手斎の仕業《しわざ》と知った。

「居場所を特定して、片付ける」

久道左内が指示を出した。

田中道場を中心にして、円を拡げるように調べていけば、どこに入江無手斎が潜んでいるかを探すことは難しくなかった。

「木挽町《こびきちょう》の旅籠《はたご》に逗留《とうりゅう》している」

すぐに入江無手斎の泊まっている宿が特定された。

「今夜」

名古屋の城下のことは調べ尽くしてある。いつどの道を使って藩主を逃がさなければならなくなるかわからないのだ。場所さえわかれば、周囲を調べずともすんだ。

御土居下組はもともと家康によって四男忠吉《ただよし》に付けられた伊賀者であった。しかし、忠吉は、関ケ原《せきがはら》の合戦の折に受けた傷がもとで死んでしまった。

「跡継ぎなしは断絶《だんぜつ》」

ここに尾張藩は一度改易になった。

その跡を受けたのが義直であった。

「城を清洲《きよす》より移す」

続いて家康は天下人となった権限を使って、諸大名に名古屋城の建築を手伝わせた。家康は大坂にある豊臣家が徳川を滅ぼそうと東へ向かった場合、それを支えるだけの城を欲していた。

「名古屋は守るにふさわしい地ではない」

尾張平野には山も谷もない。ずっと広大な平野であり、物成りには優れているが、防衛には向かなかった。

「尾張は江戸からの増援が来るまで保《も》てばいい」

天下普請で居城を造らせながらも家康は万一を考えていた。

「落城に備えよ」

天下人の血筋が討ち取られるわけにはいかない。なんとしても義直は生かして逃がさないと徳川の武名に傷が付く。この考えによって御土居下組は通常の伊賀者ではなくなった。

なれど根本には伊賀が残っている。忍としての修行方法は伊賀のものを代々受け継いできている。ただ、そこに各家の役目柄の特徴を生かすような改造が加えられていた。

幕府伊賀者のように家督を継ぐには、一度伊賀の郷で修行をしなければならないといった決まりもないため、かなり変わった形のものになり、その成果も普通の忍とは一線を画していた。

当主ごとに特徴がある技を持つ。その御土居下組が一つになって、入江無手斎を討ち果たすために出撃した。

「決して逃がすな」

入江無手斎と木村暇庵のいる旅籠を見張りながら、久道左内が言った。

「旅籠の客と奉公人はどうする」

「気にせずともよい」

力自慢の大海六右衛門の確認に、久道左内が冷たく応じた。

「ご命を果たすことこそ大事である」

「ならば、火をかけてみるべきでござろう」

諏訪官兵衛が口を出した。

「火事とならば、余裕なく飛びだしてきましょうし、騒動で我らの気配も紛れる」

「それはなるまい」

馬場半右衛門が首を横に振った。

「ここはお城にも近い。万一飛び火でもすれば大事になる」

「しかし、確実を期するのならば」

諏訪官兵衛が粘った。

「さすがに火はまずかろう」

久道左内も諏訪官兵衛の案を却下した。

「殿をお逃がしするとき、城下を焼くという策が当家にはござる。それを使えば、ここだけで火を留めることもできますぞ」

諏訪官兵衛が大丈夫だと宣した。

「そのようなことができるのか」

大海六右衛門が目を剝いた。

「建物の様子、近隣との距離、風向き、雨がいつ降ったかなどを勘案すれば、火は操れまする」

自信を持って諏訪官兵衛が胸を張った。

「旅籠の裏は水路。こちらは気にしなくてよい。それだけ楽でござる」

「どのくらい拡げる」

諏訪官兵衛に久道左内が問うた。

「左右二軒、筋向かい三軒」

「合わせて八軒か。それくらいならば、目立たぬの」

範囲を限定した諏訪官兵衛に、久道左内が考えを変えた。

江戸ほどの大火は経験していないが、密集した城下町の宿命でもある火事は名古屋でもままある。風があまり強くないことと、水害を起こす三川のおかげで冬でも湿度が高いためであった。

「火付けの用意は」

「常に、持参いたしておりまする」

訊いた久道左内に諏訪官兵衛が胸を張った。

「用意はできておるならばよいが……町奉行所が出張《でば》る前に終わらさねばなるま

い」

馬場半右衛門が注意を口にした。

火付けはどのような理由があろうとも、重罪であった。

「殿のお指図でござる」

そう抗弁したところで、

「知らぬわ」

継友が認めて助けてくれるはずはなかった。

「火を付けてから小半刻《こはんとき》（約三十分）でことを終わらせ、帰投する。そのときは、皆、各自で逃げよ」

「承知」

「わかった」

久道左内の指図に、大海六右衛門らがうなずいた。

「もし、それまでに仕留められなければ」

馬場半右衛門が一人懸念を見せた。

「あり得ぬ。それはあり得てはならぬが、すべてを考えてどうにでも対処できるようにすべきではある。もし、仕留めきれなかったときは……一度退く。無理をして死者を出せば、そこから我らの素性にたどり着かれることになる」

御土居下組同心のことを知らない家中の者も多いが、死体が町奉行や横目付《よこめつけ》の手に渡れば、気付かれてしまう。

「殿のお助けはないだろう」

「ござらぬな」

久道左内の嘆息に諏訪官兵衛が同意した。

「御土居下組同心が町家に火をかけ、旅人を襲ったとなれば、組は潰され、我らは切腹、家族は路頭に迷うことになる」

微禄の家臣というのは、なにかのおりに切り捨てられるためにあるのが現実であった。

「死者が出たときはどうする」

名古屋の道場を荒らし回っている武芸者の相手をするのだ。こちらは無事だと思いこむほど御土居下組同心たちはうぬぼれても愚かでもなかった。

「死体を担いで逃げる」

「いいのか、それで。殿のご命を果たさぬつもりか」

大海六右衛門が、久道左内の言葉に驚いた。

「しくじったところで、なにもあるまいよ。我らへの命は密であった。そこで我らを咎めれば、表に出かねぬ」

久道左内が答えた。

「もっとも、そのままではすまされまい。幕府に刃向かう輩など出るはずもなし。となれば、名古屋の城が攻められることもあり得ぬ。今更落城を考えるような役目は不要であるとか、理由はどうにでもなる」

設立の趣旨が家康公の懸念とはいえ、その偉業である幕府設立を賞賛し、徳川の天下に揺らぎなしと名分《めいぶん》を立てれば、端役《はやく》の一つくらい潰せる。

「役目がなくなった者は不要なり」

すでに手元不如意《ふにょい》を理由に、放逐された藩士もいる。藩主を逃がすための役目がなくなれば、それに従事していた者も要らなくなった。

「意味がないではないか」

それでは逃げることができぬと、大海六右衛門が声を荒らげた。

「落ち着け」

久道左内が大海六右衛門を宥めた。

「一度くらいしくじっても取り返せる。ようは入江という剣術遣いを討てばいいのだ。といったところで、何カ月もかけることはできぬが。一度退いて態勢を整えて、もう一度挑むくらいは問題なかろう」

「そうか」

大海六右衛門が納得した。

「もちろん、今回で片を付けてしまうのが最良ではある。皆、油断するな」

久道左内が釘を刺した。

「官兵衛」

「お任せあれ」

薄ねずみ色の忍装束に身を包んだ諏訪官兵衛が、一人で旅籠へと向かっていった。


「…………」

夜半を過ぎていた。すでに寝入っていた入江無手斎がすっと目を開けた。

「また馬鹿か。いや、それにしては気配が薄い。この薄さは忍」

入江無手斎が夜具を撥ねのけた。

「……またか」

隣で休んでいた木村暇庵が目覚めた。

「…………」

入江無手斎が手のひらを木村暇庵に向けて、静かにしろと伝えた。

「ここがよかろう」

諏訪官兵衛が懐から竹筒を取り出し、栓を抜いた。

「秘伝の火付け油と火薬を喰らえ」

旅籠の閉まっている大戸、両隣との間の塀に諏訪官兵衛が薬を撒いた。

「次は筋向かい……」

手早く要所に細工をしていく。

「……よし」

細工を終えた諏訪官兵衛が手をあげて合図を送った。

「いいな」

久道左内が残っていた御土居下組同心たちに確認した。

「いつでも」

「おう」

応じる声が返ってくる。

「半右衛門、裏を頼む。残りは正面からだ」

った。

「うむ」

「ならば」

川沿いへの押さえとして馬場半右衛門を配した久道左内が諏訪官兵衛へと手を振った。

「…………」

無言で首肯した諏訪官兵衛が、火種を火薬に近づけた。

瞬間、灯《あか》りが走った。そして、灯りはすぐに火になった。

「よし」

一人首を上下させた諏訪官兵衛が、その場を離れようと背を向けた。

「火付けは大罪だぞ」

旅籠の二階から影が諏訪官兵衛の背後に落ちた。

「……なっ」

突然のことに諏訪官兵衛が驚愕して、足を止めた。

「とりあえず、死んでおけ」

入江無手斎が無造作に刀を振った。

「…………」

腰の少し上で両断された諏訪官兵衛が即死した。

「ば、馬鹿な」

駆け出そうとしていた久道左内たちが唖然となった。

「そこか」

入江無手斎が久道左内の漏らした驚きの声をしっかりと捉《とら》えた。

「六右衛門、官兵衛を」

顔のはっきりとわかる諏訪官兵衛の死体を残していくことはできなかった。軍学の師として名高い諏訪官兵衛のもとに教えを請《こ》いに来ている藩士は多い。このままだと、即座に身分がばれてしまう。しかも諏訪官兵衛の手には火付けの道具がある。

「わかった」

「他の者は入江を」

「ああ」

久道左内の指揮に大海六右衛門、馬場半右衛門らが従った。

「藤川の一統にしては腕が悪い。となると名古屋の忍か。残念」

入江無手斎が落胆を露わにしながら近づいてきた。

「舐めたことを」

馬場半右衛門が折りたたんでいた弓を組み立てて、矢を放った。真っ黒に塗られた矢は、暗いところではまず認識できない。

「阿呆《あほう》、火を付けているのを忘れたか」

あっさりと入江無手斎が矢を弾いた。

「火を背負われた」

ようやく久道左内が不利を理解した。

夜目を慣らすために暗闇を見つめていた御土居下組同心は、火事を背にしている入江無手斎の姿が見にくくなっていた。

目をすがめてなんとか影を確認しているが、詳細な指の動きまでは見られなかった。

「たたき殺すまで」

大海六右衛門が手にしていた大槌《おおつち》を振りあげて、入江無手斎へと駆けた。

大力を代々受け継いできている大海六右衛門の大槌は、そのへんの屋敷の大門なら一撃で破壊するくらいの威力を誇っていた。

「喰らえっ」

大きく腕を振り、腰をひねって大海六右衛門が大槌で入江無手斎に殴りかかった。

「当たらねば無意味じゃ」

重みのないもののように入江無手斎が軽く地を蹴った。膝を曲げたとも思えない跳躍だったが、軽々と大海六右衛門の頭上をこえた。

「えっ」

己の大槌で視界を一瞬塞がれた大海六右衛門が、消えた入江無手斎に驚いた。

「ここじゃ」

そう言った入江無手斎が身体ごと落ちつつ、大海六右衛門の首根を太刀で打った。

「……ああああ」

首の血脈《けつみゃく》を断たれた大海六右衛門が、嘆くような苦鳴《くめい》を漏らして崩れた。

「やあぁ」

入江無手斎が着地した瞬間を馬場半右衛門が襲った。どのような名人でも体勢の崩れを防げない一瞬を狙ったのだ。

「狙いはいいが、剣術遣いを舐めておる」

教え諭すように述べながら入江無手斎が太刀を投げた。

「くわっ」

喉を貫かれた馬場半右衛門が、絶息した。

「……なぜっ」

瞬きするほどの間に同僚たちが死んだ。

久道左内が呆然とした。

「未熟なり」

冷たく宣して、入江無手斎が太刀を走らせた。

「派手にやったのう」

いつのまにか旅籠から出てきた木村暇庵が小さく首を左右に振った。

「火は」

その態度を気にせず、入江無手斎が火事のことを問うた。

「報せが早かったので、火が廻《まわ》る前に対応できたようじゃ」

火事だと騒いだのは木村暇庵であった。

「こやつらは」

「藤川らに使われた試金石《しきんせき》だろう」

「ということは」

「そろそろ藤川が出てくる」

入江無手斎の目つきがより剣呑《けんのん》なものになった。

二十五日昼八つ（午後二時ごろ）、お旗持ち組の者とその一族、合わせて九人が尾張藩抱え屋敷を出た。

「…………」

誰の顔にも決意だけが浮かんでいた。

そして、大奥でも密かに動きがあった。

「竹姫を大奥から追い出す。いつまでも将軍の女になれぬ者に居座られても困るわな」

天英院が吉宗との戦いを始めた。

光文社文庫

文庫書下ろし／長編時代小説

意《い》　趣《しゅ》　惣《そう》目《め》付《つけ》臨《りん》検《けん》仕《つかまつ》る㈥

著者　上《うえ》田《だ》秀《ひで》人《と》

2024年4月20日　初版1刷発行

発行者　三宅貴久
印刷　萩原印刷
製本　ナショナル製本

発行所　株式会社 光文社
〒112-8011　東京都文京区音羽1-16-6
電話（03）5395-8147　編集部
8116　書籍販売部
8125　制作部

ISBN978-4-334-10284-5　Printed in Japan

組版　萩原印刷